A LIVRARIA DAS MEMÓRIAS

기억서점

Song Yu-jeong
송유정

A LIVRARIA DAS MEMÓRIAS

기억서점

1ª edição

BERTRAND BRASIL
Rio de Janeiro | 2025

CIP-BRASIL. CATALOGAÇÃO NA PUBLICAÇÃO
SINDICATO NACIONAL DOS EDITORES DE LIVROS, RJ

Y84L Yu-jeong, Song
A livraria das memórias / Song Yu-jeong ; tradução Núbia Tropéia. - 1. ed. - Rio de Janeiro : Bertrand Brasil, 2025.

Tradução de: 기억서점
ISBN 978-65-5838-368-0

1. Ficção sul-coreana. I. Tropéia, Núbia. II. Título.

25-96575 CDD: 895.73
CDU: 82-3(519.5)

Gabriela Faray Ferreira Lopes - Bibliotecária - CRB-7/6643

Publicado na Coreia do Sul por Dasan Books com o título 기억서점, e em inglês com o título *The Memory Bookshop*.

Esta edição foi publicada mediante acordo com Dasan Books Co., Ltd. c/o Danny Hong Agency, em associação com Patricia Natalia Seibel.

Este livro foi publicado com o apoio do Instituto de Tradução de Literatura da Coreia (LTI Korea).

Ilustração de capa: Cahro Nakagawa

Texto revisado segundo o Acordo Ortográfico da Língua Portuguesa de 1990.

Direitos exclusivos de publicação em língua portuguesa somente para o Brasil adquiridos pela:
EDITORA BERTRAND BRASIL LTDA.
Rua Argentina, 171 — 3º andar — São Cristóvão
20921-380 — Rio de Janeiro — RJ
Tel.: (21) 2585-2000

Uma noite em que o sol não se pôs

— O que está sentindo, senhorita Ji-won Kim? — perguntou o médico naquele dia.

Respondi com uma meia-verdade e uma mentira plausível:

— Estou com muita dificuldade de respirar. Sinto uma ansiedade estranha, mas não sei exatamente o porquê...

Pensando bem, não sei como fui parar naquela clínica. Não era perto de casa nem ficava no centro da cidade; tampouco era um lugar repleto de avaliações positivas dos pacientes. O único motivo razoável em que consigo pensar, sem precisar vasculhar fundo em minhas lembranças, talvez seja o fato de ter sido em um fim de semana. E de eu precisar desesperadamente de alguém que me ajudasse — ou melhor, de alguém que receitasse *algo* para me ajudar.

A ferramenta de busca me guiou até um prédio antigo numa rua comercial, a quinze quilômetros de carro. O GPS, como sempre, me levou até a entrada principal de um prédio em vez de ao estacionamento. Precisei repetir para mim mesma que "a paciência é uma virtude" enquanto procurava um local para estacionar. Depois de dar três voltas no mesmo lugar, enfim encontrei uma vaga na rua.

Enquanto dirigia, percebi que o prédio, já mais próximo, estava em condições muito piores do que tinha aparentado à primeira vista. Os lustrosos azulejos bege das paredes estavam cheios de rachaduras, e uma camada de poeira cobria as placas da fachada. À esquerda da entrada, havia uma loja com um amontoado de quinquilharias empilhadas na porta, e, à direita, uma daquelas papelarias antigas, como as da minha época do colégio, vinte anos antes. Em frente à porta, um cofrinho vermelho com a palavra FORTUNA escrita em caracteres enormes estava à venda.

Assim que passei pela entrada escura do prédio — que não tinha uma porta sequer —, fui atingida por um odor de mofo que parecia vir direto do porão. Havia ali escadas que levavam aos andares superiores e inferiores, além de um elevador com a porta fechada. Olhei de um para o outro e acabei apertando o botão de plástico translúcido do elevador; o triângulo prateado indicando o sentido brilhou com uma luz alaranjada que parecia refratar em todas as direções. Até o botão seguia o estilo dos anos 1990, idêntico aos da minha infância.

Um instante depois, a porta do elevador se abriu com um rangido. O fato de ela se abrir apenas para um lado, como acontece em elevadores de carga, e não para ambos, conforme o habitual, me deixou um tanto desconcertada. Além daquela porta que se abria em uma única direção, havia outra idêntica onde deveria estar um espelho ou a parede do elevador. Quando minha claustrofobia deu as caras, voltei minha atenção às escadas atrás de mim. O elevador parecia tão antigo que eu não me surpreenderia se parasse de funcionar a qualquer momento. Ainda assim, por mais que eu dissesse a mim mesma "não faça isso!", uma sensação me impelia ao interior dele a ponto de não me causar estranhamento. Mas acabei recolhendo o dedo que pressionava o botão com força. O elevador fechou a porta com outro rangido, escondendo seu interior.

Virando-me para trás, fitei a escada estreita que levava ao andar de cima. O vento rodopiava no topo dela, que estava deserta e não possuía uma placa indicando o número do andar. *Afinal, o que poderia acontecer em um prédio desses, no coração da cidade?*, pensei, enquanto esfregava a nuca com a palma da mão morna, tentando espantar o arrepio que havia me percorrido.

A clínica ficava no terceiro andar. Por que será que a maioria delas ficava no terceiro andar? Existia alguma lei para isso? Subi os degraus em meio a tais pensamentos aleatórios, e, no fim da escada, me deparei com uma porta de vidro fosco. Era difícil dizer se ela sempre tinha sido assim ou se havia sido transformada pelo tempo. Colados à porta, através da qual era impossível enxergar o interior, adesivos de letras verdes diziam: CLÍNICA DA MENTE.

Era só entrar?

Seria mentira se eu dissesse que não hesitei por um momento, mas havia um motivo para eu ter me dado ao trabalho de ir até ali. Sem querer encostar a mão na porta, empurrei-a bruscamente com o ombro esquerdo e entrei. A fricção do grosso veda-porta no chão emitiu um chiado irritante e ao mesmo tempo ouvi um som de campainha ecoando de algum lugar acima da minha cabeça.

Depois de passar por todos aqueles obstáculos, as palavras me escaparam. A clínica parecia ter parado no tempo. Tive o pensamento absurdo de que talvez eu tivesse entrado numa máquina do tempo e voltado ao passado, pois a sensação era de que tudo ali de fato estagnara. O que me fez retornar à realidade — naquele espaço onde até a poeira que pairava no ar parecia imóvel — foi a enfermeira de meia-idade sentada ao balcão da recepção em frente à entrada. Ansiosa, baixei o olhar para minhas mãos escondidas dentro da manga. Era algo impossível, mas será que eu havia viajado no tempo por causa de algum fenômeno inexplicável e tinha ido parar na década de 1990? Mas, obviamente, meu corpo estava intacto, era muito sólido e real. Quando atravessei aquele pequeno espaço que mal podia ser chamado de sala de espera e parei diante da recepção, o calendário sobre o balcão me informou que, de fato, estávamos em 2023.

— Tem consulta marcada?

— Não. E é minha primeira vez aqui.

— Nesse caso, preencha esta ficha. Há alguns pacientes na frente, então sente-se, que iremos chamá-la na sua vez.

A enfermeira, que usava um cardigã amarelo-claro, falou sem olhar para mim. Achei que sua voz meio indiferente e meio entediada combinava perfeitamente com aquele lugar. Com um movimento desajeitado, fui me sentar no sofá e olhei ao redor; ali estavam um idoso com uma bengala nas mãos e mãe e filha que, por algum motivo, estavam de costas uma para a outra. Eles ocupavam o sofá, mantendo uma distância razoável entre si. Tudo que havia dentro daquela sala de espera tinha a própria harmonia, até mesmo seu silêncio, sem uma musiquinha ambiente sequer.

— Senhorita Ji-won Kim, por favor, dirija-se ao consultório.

Caminhei com passos relutantes. Assim que girei a maçaneta redonda de ferro gélida, a velha dobradiça da porta emitiu um rangido, como se estivesse à espera daquele movimento. Isso me fez pensar que talvez não fosse apenas sua aparência que estivesse enferrujada. Entrei com cautela no consultório de paredes amarelo-claro, desbotadas pelo tempo.

— O que está sentindo, senhorita Ji-won Kim?

Assim que viu meu rosto, travado como o de um robô com defeito, o médico disparou aquela pergunta genérica. Enquanto folheava uma prancheta de plástico, seu olhar penetrante seguia cada página quc virava.

— Hum...

— Diga, por favor.

— Estou com muita dificuldade de respirar. Sinto uma ansiedade estranha, mas não sei exatamente o porquê...

— Tem dormido bem à noite?

— Não, cu... Ultimamente, não estou conseguindo dormir nada. Mesmo quando consigo, é por pouco tempo. Além disso, também tenho paralisia do sono...

— Aconteceu algo diferente nos últimos tempos? Alguma coisa que possa ter causado estresse na senhorita? — perguntou o homem, que parecia ter pelo menos 50 anos, enquanto se acomodava na sua cadeira de couro.

Se não fosse pelo jaleco com seu nome bordado em azul – Dr. Tae-hyung Seo –, ele poderia ser facilmente confundido com qualquer outro senhor da vizinhança. Sem sequer olhar para mim, ele mantinha os olhos fixos na prancheta à sua frente. Apertei o celular com força na mão, sentindo minha ansiedade aumentar a cada segundo. Eu não sabia o que dizer, muito menos por onde começar. Por que as doenças que pensei estarem adormecidas em meu subconsciente haviam voltado à tona e estavam atrapalhando minha vida? O motivo era tão evidente quanto a tatuagem gravada em meu braço, mas, ainda assim, eu não conseguia verbalizar isso.

Um silêncio pesado tomou conta do consultório. Ao tentar falar, uma única palavra surgiu à mente, mas, se eu ousasse proferi-la, as lágrimas viriam à tona. Lutei para contê-las, me esforçando para falar sem chorar. À minha frente, o médico rabiscava anotações no prontuário com sua caligrafia ilegível, sem nem tentar disfarçar a expressão de tédio de quem já havia lidado com inúmeros pacientes como eu. Engoli em seco e comecei a mover meus lábios ressecados, formando uma frase de cada vez. As palavras que eu despejava, frágeis e vacilantes, tremiam com minha voz e se desfaziam no ar – tão desorganizadas quanto a caligrafia do médico.

– Faz um tempo que... minha mãe morreu.

– Quanto tempo?

– Mais ou menos... sete anos.

– Sete anos?

– Isso.

O médico finalmente ergueu o rosto e me fitou com um olhar indecifrável. Fechei os olhos de leve, incapaz de suportar sua atenção. Ele soltou um longo suspiro antes de voltar a rabiscar o prontuário, e eu não soube dizer se aquilo era bom ou ruim.

— Não acha que seu processo de luto está muito longo?

— Está muito... longo?

— Exato. Todos nós ficamos tristes quando perdemos alguém, mas o luto da senhorita está se prolongando demais. Já deveria ter passado há muito tempo. Deixar que se arraste desse jeito não vai fazer com que melhore. Muito pelo contrário, só vai impedi-la de melhorar.

Meu processo de luto está muito longo... Ruminei aquelas palavras com os lábios crispados. *Meu processo de luto está muito longo, meu processo de luto está muito longo...* Minhas pálpebras se moviam lentamente enquanto eu pensava naquelas palavras que, por mais que tentasse, não conseguia entender. A ideia de que eu havia nutrido a tristeza pela morte da minha mãe por um tempo longo demais ecoava dentro de mim. Depois de muito refletir, quando enfim compreendi a implicação daquelas palavras, a constatação daquele fato só me sufocou ainda mais, e não consegui contestar.

— Por ora, vou receitar um medicamento para a senhorita tomar antes de dormir, durante uma semana. Como há um componente sonífero, evite dirigir nos próximos dias. Vamos acompanhar como se sente durante essa semana e, se não houver melhora, volte para conversarmos novamente — orientou o médico.

Eu não tive forças para responder; apenas empurrei a cadeira desconfortável para trás e me levantei. Aquele lugar, que a princípio tinha parecido um sonho, como se eu tivesse voltado ao passado, no fim das contas não passava da dura e implacável realidade do presente.

Toda constatação de fatos era assim: chegava tarde demais e sempre carregada de arrependimento.

Fazia dias que eu não conseguia escrever. Sempre que me deitava para dormir, a cama parecia repelir meu corpo, e a escuridão assustadoramente silenciosa me sufocava, tornando impossível respirar, quanto mais dormir. As noites de insônia só se prolongavam, e comecei a passar os dias num estado de torpor, atordoada pelo cansaço. O tempo já não fazia diferença; o sol nascia, a lua se punha, mas o sono não vinha. Assim, conforme os dias se arrastavam, minha cabeça latejava como se fosse explodir, e meus olhos ardiam como se fossem saltar das órbitas a qualquer momento. No espelho, eu via meu reflexo com os olhos injetados, tentando suportar tudo.

Será que o problema era eu reprimir demais as minhas emoções? Tinha dificuldade em demonstrar meus sentimentos desde pequena, e, pensando bem, podia ser até que eu sofresse de algo como uma "síndrome da boa filha", pois sempre fui uma criança ávida por fazer tudo sozinha e nunca decepcionar meus pais. Talvez esse tenha sido o início de todos os meus problemas.

Liguei o computador, disposta a usar meu único talento para expurgar tudo o que me sufocava, e encarei a página em branco. As preocupações do cotidiano que permeavam cada palavra do meu trabalho como escritora tinham de ficar em segundo plano; eu só precisava colocar para fora tudo aquilo que já havia se acumulado em meu peito, transbordando em forma de caracteres pretos na tela.

Pense em alguma coisa. Pense.

O cursor piscava impaciente, como se me pressionasse, enquanto eu tentava arrancar as palavras à força. Encadeadas sem qualquer significado, as palavras surgiam por meio dos meus dedos hesitantes, mas desapareciam logo em seguida, sem deixar vestígio. O que deveria ser um momento tranquilo e terapêutico só estava me fazendo sentir mais impotente e incapaz. Suspirei, frustrada. Eu estava apenas descontando minha angústia no teclado inocente, fustigando-o sem propósito.

Primeira palavra; primeira frase; primeiro parágrafo; então, primeira página. Esses eram sempre os maiores desafios ao escrever um texto. Aqueles ditados antigos, do tipo "começar é meio caminho andado" ou "o importante é dar o primeiro passo", eram todos verdadeiros. Se eu conseguisse superar essa parte, talvez o restante fluísse melhor. No entanto, fazia mais de um mês que eu não conseguia escrever uma palavra sequer.

Você se cobra demais.

A frase soou de repente na minha cabeça. Meu corpo inteiro enrijeceu, como se estivesse acorrentado. De quem era aquela voz? Não conseguia lembrar quem tinha dito aquilo, muito menos quando. Apenas sabia que era algo que qualquer pessoa que me conhecia poderia ter dito. Aquelas palavras ecoaram em minha mente por um momento.

Chega de ficar enfurnada em casa só escrevendo, vá dar uma volta. Caminhar é a melhor forma de espairecer.

Aquilo me empurrou para fora do escritório. Quando cheguei à sala de estar, o mundo que se apresentou a mim fora da ampla janela estava todo envolto em tons de cinza. O chão estava coberto com folhas de árvores que não haviam resistido ao vento cortante, e os galhos nus balançavam no ar. Era um inverno especialmente frio.

Nunca gostei dessa estação, com sereno gelado nas madrugadas, noites intermináveis e manhãs escuras. Além disso, eu tinha mais motivos para odiá-la do que amá-la. No inverno, meu humor despencava como as temperaturas negativas, enquanto o frio enregelante me impedia de dar um único passo que fosse para fora de casa. Quando o outono ia embora, eu me escondia em minha toca escura e hibernava como um urso.

Mas, daquela vez, algo em mim queria sair para caminhar. Talvez por causa de uma matéria que li na internet alguns dias antes. A matéria dizia que os inuítes, quando tomados pela raiva, simplesmente caminhavam sem rumo até que o sentimento se dissipasse. Eles andavam por um bom tempo, e só paravam quando a raiva finalmente passava. Então olhavam para o caminho percorrido e voltavam pelo mesmo trajeto — um percurso que chamavam de "caminho do arrependimento e do perdão". Foi esta última parte que mexeu comigo. Vesti um dos poucos casacos de inverno que eu tinha e saí. O portão de ferro bateu com força às minhas costas.

Não fazia muito tempo que eu havia me mudado para lá. O inverno começou assim que cheguei ao bairro, e eu mal sabia onde ficava cada coisa. Então, apenas deixei minhas pernas me levarem para onde desejassem. Com as mãos enfiadas nos bolsos do casaco grosso e forrado, soltando vapor a cada respiração, segui andando a esmo.

Encolhi o corpo diante do vento forte, que parecia prestes a rasgar minha pele. Enquanto caminhava, me veio a lembrança daquele dia na clínica, quando joguei fora o medicamento que me haviam prescrito:

Não acha que seu processo de luto está muito longo? [...] Todos nós ficamos tristes quando perdemos alguém, mas o luto da senhorita está se prolongando demais. Já deveria ter passado há muito tempo.

As palavras que ouvi naquele dia, dentro daquele consultório, ficaram gravadas na minha mente. Depois de pagar e marcar a próxima consulta, fui me sentar à sala de espera. O tempo se arrastava enquanto eu aguardava o medicamento ser preparado; era como se alguém tivesse alterado o funcionamento do tempo. Nem os números na tela do celular pareciam querer avançar. O consultório, já vazio, estava mergulhado no silêncio, e minha paciência começava a se esgotar. Foi então que a porta da clínica — que eu pensei que nunca seria aberta — foi escancarada e um homem entrou.

Ele estava ofegante quando passou pela recepção, e então escancarou a porta do consultório e entrou. Mas o médico não estava lá. Eu tinha sido a última paciente do dia, pois ele havia encerrado o expediente mais cedo.

— Não tem ninguém aqui? Ei!!! — gritou o homem em direção ao dispensário, atrás do balcão da recepção. Ele estava pálido.

Foi então que ele interrompeu seus passos frenéticos e, de repente, ficou petrificado, com os olhos fixos no relógio em seu braço esquerdo. *Tique-taque. Tique-taque.* Cada vez que suas pupilas se moviam de um lado para o outro, eu tinha a impressão de que o som do relógio se tornava ainda mais distinto aos meus ouvidos. O homem alisava o relógio de pulso como se fosse um tesouro inestimável. Ele estava fazendo aquele movimento esse tempo todo? O mostrador do relógio brilhava como novo, mas, em contraste, a pulseira de couro azul-marinho estava gasta e desbotada.

— Ei! Alguém me ajuda, por favor! Tem alguém morrendo!!!

Tem alguém morrendo!!!

Ele gritou mais uma vez, indo em direção à recepção como se não conseguisse mais suportar um segundo sequer. Imaginei que ele tivesse dito aquilo num acesso de raiva, mas aquela pequena frase fez meu coração disparar. Um tinido ecoou em meus ouvidos, e o chão, antes firme, começou a vacilar. Fechei os olhos e comecei a balançar a cabeça numa espécie de mecanismo de defesa contra um possível ataque de pânico.

— Alguém... Por favor...

O ponteiro pequeno do relógio de parede avançou. Ao ver que um minuto havia se passado, o homem parou de gritar e mordeu os lábios trêmulos. Nós dois dividíamos o mesmo espaço, mas a sensação era de estarmos a mundos de distância, como se existíssemos em diferentes realidades. O silêncio que se instalou na sala de espera era desolador.

— Senhorita Ji-won Kim, seu medicamento está pronto.

Quanto tempo havia passado? No momento exato em que o homem, exausto, desmoronou em frente à recepção, a enfermeira apareceu e me chamou. Passei ao lado dele com cautela, agarrei o pacote do medicamento e saí dali o mais rápido possível.

Enquanto eu descia as escadas, o embrulho farfalhava em minha mão. A consulta não deve ter durado nem cinco minutos, mas eu tinha perdido tempo demais com o restante. Ao sair da clínica, foi a primeira vez que senti que meu tempo havia sido desperdiçado.

Na minha mente, a lembrança do olhar apático do médico se alternava com a do olhar desesperado do homem, que transbordava de emoção. E então, como se já tivesse planejado, joguei o pacote do medicamento numa lixeira da rua.

Desde então, três semanas se passaram, e uma insônia terrível foi o preço que paguei por ter jogado fora sem dó nem piedade aqueles comprimidos para dormir. Mas o remédio me pareceu um veneno. Só de pensar naquela embalagem de medicamento, eu sentia uma sensação ruim, como se ela trouxesse de volta tanto o incômodo deixado pelo médico quanto a ansiedade que aquele homem havia impregnado em mim. Talvez a solução para o meu problema não estivesse em comprimidos repletos de substâncias químicas, mas em alguma outra coisa.

Whoosh. O vento forte passou zunindo pelos meus ouvidos e se agarrou a mim furiosamente, como se me estapeasse. Senti meu corpo vacilar, e não demorou muito para algo tocar meus ombros. *Ploc*. *Ploc*. E, então, uma chuva repentina começou a cair. O céu cinzento que eu observava pela janela de casa não estava apenas carregado da melancolia invernal, ele também continha o aguaceiro de uma tempestade iminente... Ser surpreendida pela chuva na rua era bem menos acolhedor do que observá-la do conforto de casa. Com o guarda-chuva que não servia de nada sobre a cabeça, corri para me abrigar sob a primeira marquise que avistei. A água gelada me atingia como um dilúvio no ápice do inverno, escorrendo pelo meu corpo e alastrando em mim um frio tão intenso que fazia meus dentes baterem.

— Fala sério... Está dando tudo errado.

De cara fechada, eu fugi da chuva como um ratinho encharcado, quando um pensamento me veio à mente. Eu ainda acreditava que, de alguma forma, estava me virando bem, mas o universo parecia decidido a continuar me empurrando cada vez mais para a beira do precipício. Tudo o que eu tentava dava errado, e só o que eu fazia era tropeçar, desabar, fracassar e me arrebentar. Até o céu parecia conspirar contra mim. Eu estava encharcada, mas, por algum motivo, o que sentia era um vazio se abrindo no meu peito, como se uma rajada de vento frio o atravessasse.

Tem alguém morrendo!!!

Será que foi assim que o homem no hospital se sentiu? Aquele homem... Seu grito repentino, como uma súplica, ainda ecoava em meus ouvidos. Qual era o motivo de tanto desespero? Sacudi um pouco da água que encharcava a minha roupa e o meu cabelo, como se fossem pensamentos insistentes que precisavam ser afastados. A chuva caía cada vez mais forte.

O som das gotas atingindo o chão se assemelhava a tiros. Foi então que olhei para cima e percebi que a marquise sob a qual eu havia me abrigado não era um toldo plástico, mas feita de telhas de ardósia enferrujadas. Ao olhar melhor, notei que até o deque de madeira em que eu estava parecia desgastado, cheio de rachaduras e marcas por toda parte. Depois de ficar um bom tempo parada ali, num estado de torpor, recuei alguns passos e olhei ao redor. O edifício inteiro parecia muito antigo; a treliça que sustentava o vidro fosco — algo raro de se ver em construções térreas mais recentes — também era feita de madeira envelhecida. E, na porta de entrada, que parecia emperrada e prestes a ranger se empurrada para o lado, havia uma placa de ABERTO.

— O que é... este lugar?

Não havia qualquer informação exposta, e mal dava para ver a placa do estabelecimento. Não tinha nem o horário de funcionamento. Sem alternativa, saí andando sob a chuva torrencial. As cortinas de água dificultavam minha visão, mas, ainda assim, consegui distinguir a pequena placa fixada na parede do edifício.

Livraria Memórias

— Livraria Memórias? Que nome peculiar...

Voltei para debaixo da marquise e sacudi de novo a água das minhas roupas e do meu cabelo. Naquele momento, um vento morno passou roçando pela minha nuca e bateu levemente à porta fechada da livraria. Atraída por uma espécie de magnetismo, virei para trás. Diante de mim, a porta de correr da antiga livraria estava ligeiramente aberta, apenas o suficiente para que um dedo passasse. Pestanejei. A julgar pelo ritmo da chuva, não parecia que iria parar tão cedo, e eu não conseguia reunir coragem para refazer o caminho aleatório que havia seguido até ali... Atravessar outra vez aquela torrente gelada para voltar para casa? Não, muito obrigada.

— Uma livraria, hein? Será que tem alguma coisa interessante aí...?

Quem sabe eu não encontraria ali algo que pudesse me ajudar com o bloqueio criativo. Às vezes, ler boas obras de outras pessoas me trazia uma inspiração inesperada. Em todo caso, não parecia má ideia dar uma olhada no lugar, já que eu estava com tempo de sobra. Estendi a mão pela fresta e deslizei a porta para abri-la. A porta marrom, cuja tinta descascava em alguns pontos, correu suavemente e, contrariando minhas expectativas, não emitiu um único ruído. No instante em que entrei e a porta voltou à posição original, o som da chuva pareceu se distanciar, como num passe de mágica. Com cautela, adentrei a livraria silenciosa, onde não havia o menor sinal de presença humana.

Que estranho.

Não havia dúvidas de que estava chovendo lá fora; uma tempestade violenta feito chuva de verão. As gotas que inicialmente caíam esparsas transformaram-se em torrentes e logo num dilúvio avassalador. A água havia jorrado sobre meu corpo entorpecido, encharcando o asfalto cinza, que se tingia de preto. O barulho da chuva era áspero e cortante, ensurdecedor. No entanto... bastou fechar aquela porta de correr frágil para que todo aquele ruído que parecia sacudir o céu e a terra desaparecesse sem deixar vestígios. Havia sido só impressão minha, ou o mundo todo realmente havia ficado mudo de repente? Será que o zunido que me seguia como uma sombra nos últimos dias, consequência da minha insônia recorrente, tinha afetado minha audição? Com o coração apertado, absorvi cada detalhe do cenário que se desdobrou à minha frente.

O interior da livraria era muito mais espaçoso do que se via por fora e tinha um pé-direito absurdamente alto.

Era tão surreal quanto a velha piada: "Como se faz para colocar um elefante dentro da geladeira?"... Eu estava sonhando? Minha percepção espacial tinha sido distorcida? Seria possível que todos aqueles livros, alinhados em fileiras infinitas ao longo do corredor onde eu estava, tivessem devorado todo o som vindo do mundo exterior? Assim que esse último pensamento absurdo me passou pela cabeça, meu coração acelerou.

— O que diabos é isso?

Era melhor eu sair dali. Intuição é uma coisa que nunca falha; eu precisava sair daquele lugar imediatamente, antes que um ataque de pânico tomasse conta de mim. Contudo, assim que me virei e segurei com força a maçaneta da porta, uma luz morna atingiu meus olhos. Era a luz do sol, que pousava bem ao lado da antiga porta de correr. A chuva já tinha parado? Isso era impossível. Aquele temporal não era do tipo que parava assim, de repente. E mesmo que, por alguma razão absurda, a tempestade tivesse parado, aquela cena deixava evidente que algo estava errado — afinal, levando em consideração as nuvens escuras que cobriam o céu segundos antes, o sol repentino que atravessava as janelas não fazia o menor sentido. Estendi o dorso da mão para tocar o feixe de luz.

— Tão... quentinho...

Senti um arrepio com aquele calor, como se já o esperasse. Minhas palmas estavam molhadas de suor — frio ou quente, eu não sabia dizer —, e meus dedos escorregaram da maçaneta. O medo tomou conta de mim. Porém, o mais estranho era que, para além do medo, uma sensação inexplicável de alívio e curiosidade se infiltrava em mim, como se a luz do sol que me atingia agisse como um calmante.

Enxuguei as palmas suadas na calça e respirei fundo. *Está tudo bem*, tentei me acalmar, e meus batimentos cardíacos foram desacelerando.

— Hum... Olá! Tem alguém aí?

Engoli em seco e virei a cabeça para encarar a livraria mais uma vez. As lâmpadas que iluminavam as estantes tinham exatamente o mesmo tom dos raios de sol que entravam pelas janelas; e, um pouco mais à frente, iluminada por uma luz ainda mais intensa, uma árvore enorme que eu não tinha notado se erguia, parecendo me observar.

Como eu não vi isso antes?, questionei-me enquanto me aproximava da árvore, hipnotizada. Além do mais, como era possível ela estar crescendo ali dentro? A pergunta me ocorreu no instante em que ergui o olhar para suas folhas verdes, que tocavam o teto lá no alto. A árvore estava totalmente integrada àquele espaço, com as raízes fincadas no chão da livraria e flores desconhecidas desabrochando.

Ah, mas que absurdo! Devia ser cenográfica... Eu simplesmente não conseguia acreditar que uma árvore daquele tamanho podia crescer dentro daquela construção. Sem perceber, comecei a andar ao redor do tronco, analisando cada detalhe. Ao passar a ponta dos dedos pelos galhos, um deles me arranhou, e foi só quando um filete de sangue vermelho-vivo brotou em meu dedo que entendi que aquela árvore estava, de fato, viva. O cheiro de terra molhada, o aroma sutil de grama e a fragrância das flores preenchiam o ar, emprestando vitalidade ao ambiente.

Aquela era uma livraria comum, mas ao mesmo tempo extremamente peculiar. Eu não estava sonhando.

Refiz meu caminho até a entrada e observei as estantes próximas; os livros ali estavam tão gastos nos cantos que parecia quase inaceitável chamar aquele lugar de "livraria"; as folhas de papel do miolo, que costumavam ser brancas, apresentavam uma coloração amarela desbotada. *Será que é um sebo?*, pensei, enquanto reparava nos volumes, empoeirados como se estivessem abandonados havia anos. Movida pela curiosidade, passei os dedos pelos livros e peguei um deles. Era um antigo, intitulado *Yeong-sil Jang*, e o traço da ilustração e a tipografia me pareciam estranhamente familiares.

— Hum... Esse... Eu adorava esse livro quando era criança.

Uma brisa leve soprou ao redor da minha mão, que segurava o livro. Quando abri a capa dura e folheei as páginas cheias de marcas de dedo, um cheiro do passado invadiu o ar de repente. De modo instintivo, aproximei o nariz das páginas; aquele cheiro remetia à minha infância, algo que eu nunca mais havia experimentado... Era o cheiro da minha casa.

Minha família não era de se mudar muito. Depois que meus pais se casaram e eu nasci, esperamos exatos cinco anos para nos mudarmos de um predinho velho no subúrbio para um apartamento na cidade grande. Nesse intervalo, meu irmão — dois anos mais novo — nasceu, e nosso pai se tornou gerente de uma construtora, tendo projetado nosso apartamento de cem metros quadrados. Até os meus 20 anos, foi lá onde vivi.

Minha mãe era apaixonada por aquele lugar. Ela havia orientado os decoradores com pulso firme e olhos de águia por todos os cantos da casa. Decorar até o estado de absoluta perfeição o espaço onde nossa família viveria era a sua maneira de celebrar aquele sucesso inicial.

Nós sentíamos orgulho do nosso lar. Até mesmo os vizinhos do prédio elogiavam o bom gosto da minha mãe e diziam que, apesar de terem apartamentos similares, o nosso parecia muito mais espaçoso. Foi lá que meu irmão e eu passamos a adolescência e nos tornamos adultos. Porém, quando completei 20 anos, o apartamento que pensei que seria nosso para sempre foi a leilão.

Ali na livraria, eu permanecia imóvel, entorpecida, incapaz de mover a mão que segurava o livro. O cheiro nostálgico continuava impregnado em minhas narinas, mesmo depois de conseguir me afastar da estante. Fiz um esforço descomunal para me recompor, e, quando voltei a mim, comecei a folhear o livro freneticamente, virando as páginas aos montes até chegar ao fim. Lá, encontrei um parágrafo escrito em letras tortas com uma caneta marca-texto verde.

Yeong-sil Jang é realmente incrível por ter ultrapassado as barreiras sociais. Ele tem o meu total respeito. ★★★★★

— Não pode ser.

A caligrafia era tão familiar que me deixou sem fôlego. A mesma sensação de quando estive naquela clínica tomou conta de mim — como se eu tivesse voltado no tempo. Diante de mim, estava a minha versão de 7 anos.

Fechei a boca entreaberta, que me fazia parecer uma completa idiota, e peguei outro livro da estante. *Helen Keller*. Um volume da coleção de biografias, publicado pela editora do livro anterior. Senti a boca seca ao ver as páginas amassadas, como se tivessem sido encharcadas de água e depois secado. Talvez fosse apenas uma coincidência absurda, algo que poderia acontecer de vez em quando, mas não custava nada investigar.

Mais uma vez, virei as páginas depressa. Quanto mais folheava, mais rápido meu coração batia. Me apressei até o fim do livro sem saber exatamente o que esperava encontrar, e nem por que aquilo estava me preocupando tanto. Ao término da história da extraordinária vida de Helen Keller, a folha de guarda na cor marfim surgiu, e, nela, escrito com uma caneta marca-texto azul, havia um parágrafo.

Meu maior medo é não ser vista. Se eu estivesse no lugar da Helen Keller, será que encontrar uma boa professora teria me ajudado a lidar com minha deficiência? Sinceramente, não faço ideia.
★★★★★

Aquilo não deixava dúvidas. Todos os volumes de biografias naquela estante eram meus. Os cantos das páginas dobrados em triângulo, sinalizando onde havia parado a leitura quando eu ainda não tinha o hábito de usar marcadores de página; as manchas de suco de laranja derramado por acidente; os cantos da capa dura amassados por ter deixado o livro cair em meio a brigas com meu irmão — tudo isso comprovava que minhas suspeitas estavam corretas.

Dei um passo para trás e examinei as fileiras de livros. Depois das biografias, que se estendiam da prateleira mais perto do chão até a terceira de cima para baixo, vinham os romances que eu lia e relia sem parar quando era mais nova. *Jane Eyre*, *Gasigogi*, *O pequeno príncipe*, *Voo noturno*, *Yeoneo*.

Este último, um conto de fadas cujo protagonista é um salmão, escrito por Do-hyun Ahn, foi muito especial para mim. Eu o li pela primeira vez por volta dos 10 anos, e, naquela época, me lembro de ter pensado que a lei da natureza era cruel demais — especialmente a ideia de impor a morte dos pais como um sacrifício inevitável para o surgimento de uma nova vida. Aquela ideia me perturbou tanto que nem consegui dormir naquela noite. E não parou por aí. O fato de eu não conseguir comer salmão, na casa dos 30 anos, se devia a esse livro. Ainda me lembrava vividamente da inocência e da morte sublime do salmão prateado...

Cerrei o punho com força. Definitivamente havia algo estranho com aquela livraria. O problema era que o nível de estranheza ultrapassava qualquer limite aceitável. Será que eu estava sonhando? Ou será que, depois de tantas noites sem dormir, a minha mente havia cedido à exaustão e começado a pregar peças em mim? Eu sabia muito bem que todos aqueles livros tinham ido para o lixo, junto com os pertences da casa que perdemos no leilão. No quarto de hóspedes da casa em estilo tradicional *hanok* que minha tia havia arrumado com urgência para nós, não havia espaço para acomodar nem uma fração das coisas que um dia haviam preenchido aquele apartamento de cem metros quadrados.

Então, como aqueles livros tinham ido parar ali? Fiquei imóvel, muito confusa. De certa forma, o tempo parecia escoar de forma estranha, como se estivesse se arrastando mais lentamente; e isso tornava tudo ainda menos realista. Virei-me um pouco e fitei outra estante. Ali, os livros não tinham o título na lombada, mas, sim, indicações de datas, e estavam enfileirados de acordo com sua altura, apesar de terem grossuras variadas.

6 de fevereiro de 2023

Ao contrário dos livros anteriores, marcados pelo tempo e pelo uso, a lombada azul-turquesa desse brilhava parecendo nova. Como se dominada por algum feitiço, estendi a mão para pegar o exemplar. Mas, de repente, despertei daquele transe e recuei, assustada. Um lugar bizarro, atulhado de livros estranhos. Uma livraria onde não havia ninguém, apenas um silêncio arrepiante. Um calafrio percorreu minha espinha e um mau pressentimento tomou conta de mim, me mandando sair dali imediatamente. Segurei a maçaneta da porta marrom com força. Foi então que um estalo seguido por uma voz ecoou de trás da árvore.

— Se abrir esta porta... você poderá sair, mas jamais poderá voltar.

Parei onde estava, hipnotizada. A voz, que havia quebrado o silêncio opressor, era de uma mulher. Ela soava cordial, mas ao mesmo tempo categórica. Tomada por uma leve inquietação, me virei devagar. Uma mulher jovem me encarava com um olhar penetrante, em uma escada que se estendia do chão ao teto.

Da memória

A LIVRARIA ERA TÃO ANTIGA, QUE NÃO SERIA EXAGERO dizer que estava quase caindo aos pedaços. Parecia que, se eu batesse o pé no chão com força e determinação, a poeira acumulada ao longo dos anos se levantaria como uma tempestade de areia e tomaria conta do estabelecimento. Geralmente, em livrarias antigas como esta, seria de esperar que aparecesse alguém de meia-idade, com cabelo grisalho e desgrenhado. Ou, ainda, um velhinho que pareceria já ter vivido mais tempo do que a própria livraria, usando aqueles aquecedores de braços desbotados. Ou, para completar o clichê, ele estaria usando um cardigã surrado e óculos quadrados equilibrados na ponta do nariz. E, com um olhar cansado, ele me fitaria e perguntaria: “Como posso ajudá-la?”

Fiquei imóvel, sem reação, enquanto a mulher descia da escada sacudindo a poeira das roupas e se aproximava de mim. Eu mal conseguia respirar. A sua presença dominava todo aquele espaço.

— Se precisa de um tempo para pensar... Que tal uma xícara de café? — ofereceu ela, erguendo as sobrancelhas espessas como uma floresta.

Acima dos olhos azul-escuros que lembravam o mar noturno, suas pálpebras bem-marcadas se desdobravam em um ângulo perfeito. Mesmo eu, que costumava evitar contato visual, não conseguia desviar de seus olhos. Eram hipnotizantes e enigmáticos, como se pudessem me puxar para um abismo profundo ao simplesmente fitá-los.

— Por aqui, por favor.

Ela esboçou um leve sorriso, curvando os cantos da boca para cima. Ao lado de seu nariz empinado e bem definido, surgiu uma pequena covinha, discreta, mas marcante. Seu longo cabelo preto, preso num rabo de cavalo baixo, lhe conferia uma aparência elegante. Enquanto me guiava, sua mão estendida revelava veias protuberantes no dorso, contrastando com os dedos esguios, adornados por anéis prateados incomuns que reluziam sob a luz. Ela estava com uma jaqueta preta sofisticada e, sobre o peito, usava um crachá transparente no qual se lia: GERENTE. MEMÓ. Ao notar minha hesitação, ela não disse nada, apenas se virou e seguiu adiante. Seu cabelo, que chegava até a lombar, ondulava de um lado para o outro, acompanhando cada passo que ela dava.

Em descompasso com a inquietação racional que tomava conta dos meus pensamentos, meu corpo se movia instintivamente atrás da mulher. Era como se ela, ciente da sua singularidade, exercesse uma força gravitacional invisível sobre mim. Um alerta soava sem parar na minha cabeça, mas meu corpo já avançava, incapaz de voltar para a saída. Eu estava sendo cada vez mais engolida por aquele labirinto.

Tec, tec, tec. Os passos sobre o piso de madeira eram constantes, como se cronometrados. A mulher, que à primeira vista aparentava ter mais de um metro e setenta, estava de calça slack preta e tênis esportivo xadrez. Não havia uma única sujeira na sola dos tênis, como se tivessem acabado de sair da caixa. Enquanto seguia a mulher, olhei de soslaio para o caminho que tínhamos percorrido até ali. Ao contrário dela, que não deixava qualquer rastro, eu fiquei com receio de que meus sapatos encharcados de chuva tivessem deixado pegadas no chão.

Por sorte, não deixei uma marca sequer. Às minhas costas, havia apenas as enormes estantes, que se enfileiravam de um jeito assustador, feito peças de dominó. Apertei o passo para reduzir a distância entre mim e a mulher, que havia aumentado por causa das suas passadas largas. Por mais que avançássemos, o longo corredor que se entendia para além da árvore parecia não ter fim.

Então, uma sala ampla surgiu à direita de uma interseção entre as estantes, com uma das paredes toda de vidro. Ao ver os raios de sol que atravessavam o vidro e banhavam o jardim, fiquei boquiaberta.

A mulher, parecendo acostumada àquele tipo de reação, apenas indicou que eu me sentasse e foi vasculhar as gavetas de uma cômoda de madeira. Afundei no sofá macio. À minha frente, um aquecedor a óleo muito antigo exalava um cheiro forte de querosene, as chamas vermelhas ardendo intensamente.

O calor repentino fez meu rosto esquentar e meus lábios, que deviam estar roxos por causa da chuva fria, provavelmente voltaram à cor natural. Só naquele momento foi que me dei conta de como estava frio. Ao estender as mãos, pude sentir o calor do aquecedor por todo o meu corpo, e fui relaxando aos poucos. Enquanto isso, meus nervos, até então tensos, também relaxaram.

— Gosta de café? Ah, não tomar não irá melhorar a sua insônia.

A mulher pôs um moedor manual, os grãos, um coador e um filtro de papel em cima de uma mesa baixa. Depois, pegou uma xícara branca de uma prateleira fixada na parede e a colocou ao lado dos utensílios com movimentos ágeis e habilidosos.

Eu a observava em silêncio, incapaz de responder ao comentário dela; também não perguntei como ela sabia da minha insônia.

Sem dizer nada, ela começou a girar o moedor, triturando os grãos; então, ajeitou o filtro de papel no coador e despejou o café moído. Em seguida, pegou um bule de cobre que estava em cima do aquecedor. *Espera.* Como assim? Um bule de cobre para fazer café? Sem dúvida, aquela era uma combinação um tanto estranha, mas, considerando a situação em que eu me encontrava, aquilo nem parecia tão absurdo assim.

— Este lugar é mesmo uma livraria? Entrei porque vi uma placa que dizia Livraria Memórias.

Diante da minha pergunta, a mulher sorriu de leve e inclinou o bule. Com o som do líquido sendo despejado, o pó, antes uniforme, começou a borbulhar. Num piscar de olhos, o aroma do café coado tomou conta do cômodo, sobrepondo-se ao cheiro de papel e madeira que antes dominava o ambiente. O líquido que transpassava o filtro de papel marrom-claro e enchia a jarra transparente era de uma cor preta como breu.

— "Memórias", não; "*das* Memórias".

— Hã?

— O nome é "Livraria *das* Memórias".

Assim que a mulher endireitou seu punho inclinado, o líquido que saía do bule foi diminuindo lentamente. Ruminei as palavras dela, provando-as na ponta da língua. Livraria. *Das*. Memórias. Havia bastado uma palavra para que a atmosfera daquele lugar mudasse por completo. Meu coração, antes calmo, foi tomado por uma onda de inquietação.

— O que exatamente é este lugar?

— O que você acha que é? — A mulher devolveu a pergunta, enquanto despejava o café coado na xícara.

Pensei nos livros próximos à entrada; os que eu havia folheado. Esse pensamento foi o suficiente para me fazer ter certeza de que aquele lugar estava longe de ser uma livraria qualquer.

— Vi os livros perto da entrada. Eram os que eu lia na infância. Quando eu ainda não sabia como fazer um diário de leitura, escrevia um comentário no final de todos os livros que lia... E eles estão aqui, nesta livraria. Mas isso é impossível... Eles foram para o lixo.

Como se não houvesse nada de anormal naquilo, a mulher calmamente tomou um gole de café e me encarou. Seu olhar era sóbrio e intenso, impossível de evitar.

— Esse é o motivo do nome "Livraria das Memórias". Aqui é onde todas as suas lembranças estão guardadas, senhorita Ji-won Kim.

Todas... as minhas... lembranças...?

Minha cabeça doía. Meus pensamentos se embaralharam. Desde o momento em que nos vimos pela primeira vez, aquela mulher me tratava como se me conhecesse muito bem. Ela sabia de tudo — desde a insônia que me roubava o sono até meu nome, que eu sequer tinha mencionado. Sem reação, baixei o olhar para minhas mãos, que estavam sobre os joelhos. O arranhão deixado no meu dedo pelo galho da árvore, inchado e avermelhado, era prova de que tudo aquilo era real.

— As lembranças humanas são registradas de várias formas. Elas podem ser infundidas nos livros que você leu ou registradas em novos volumes, seja através da escrita, seja por imagens. A maioria das lembranças da infância é guardada como imagens, já que as crianças ainda são iletradas. Mas é lógico que, mesmo na vida adulta, algumas lembranças por vezes também se manifestam na forma de imagens. Quando passamos por momentos intensos demais, chega um ponto em que o nosso próprio vocabulário se torna insuficiente para expressá-los. Nesses casos, as lembranças permanecem como ilustrações: abstratas como um esboço, porém mais vívidas do que palavras.

— E você espera que eu acredite nisso?

— Mas você já não acredita? Talvez, no fundo, você estivesse esperando por um momento como este. Por alguma espécie de milagre...

Eu estava sem palavras.

— É disso que eu estou falando.

Havia algo na voz da mulher — uma força envolvente, quase magnética. Como escritora, eu já havia criado diversos mundos e não era como se um cenário desses nunca tivesse passado pela minha cabeça: ter a oportunidade de voltar no tempo, conservando as lembranças do presente, e viver uma nova vida; ou reencontrar alguém que já se foi; ou, ainda, vislumbrar o que havia no além — céu, inferno, o que seja. Mas uma livraria que registrava todas as minhas memórias em livros? O que diabos uma coisa dessas tinha a me oferecer?

— Em vez de julgar tão rápido, será que o mais importante não seria entender o motivo?

— O motivo...?

— Isso mesmo. O motivo pelo qual esta livraria apareceu para você — respondeu a mulher, como se tivesse lido meus pensamentos. Ela pousou a xícara de café, recostou-se no sofá e continuou: — Está chovendo bastante lá fora, não está?

Um feixe de luz solar pousou no dorso da minha mão enquanto eu ponderava aquela pergunta. O calor que atravessava o vidro se espalhava com suavidade. Os cantos da boca da mulher se ergueram enquanto ela observava o tempo, o que não fazia o menor sentido, levando em consideração seu comentário anterior. E, como se estivessem seguindo uma deixa, os raios dourados do sol da tarde se dissiparam, abrindo caminho para a próxima pergunta dela.

— Por acaso você já teve vontade de dar um fim à sua vida?

— O quê?

— Você já se imaginou se jogando na frente de um carro em alta velocidade? Fantasiou que despencava de um lugar muito alto? Ou, ainda, já desejou tomar um monte de comprimidos para dormir e não acordar mais...?

— Basta. Você não sabe nada sobre mim.

Foi uma tortura ouvir aquelas palavras. Uma onda de humilhação me atingiu quando a máscara que escondia meu eu horrendo e grotesco foi arrancada, revelando o que havia por baixo. Minhas mãos tremiam. Cerrei os punhos vacilantes e me levantei; aquela mulher havia mexido com o meu emocional.

— Essa é a mais pura verdade, senhorita Ji-won Kim, e você sabe disso melhor do que eu. Afinal, no fundo, debaixo de todas as emoções que você carrega, sempre existiu a vontade de morrer.

Não. Eu só estava deprimida... Só continuava em um limbo, sem saber como superar a perda, e vagava sem rumo. Querer morrer seria o mesmo que apunhalar minha mãe pelas costas.

— Você só está se enganando.

Não havia como escapar do olhar da mulher, que se espreguiçava devagar. *Me enganando...* As palavras inesperadas foram como um balde de água fria em meu coração flamejante e me forçaram a sentar de novo no sofá. Àquela altura, eu não tinha escolha senão reconhecer que a mulher estava certa. Toda a verdade que eu tinha tentado esconder, até de mim mesma, havia acabado de ser revelada por aquela estranha.

— E daí? O que você tem com isso?

Prendi o fôlego, tentando conter minha raiva. Minha irritação não era nada aos olhos dela. Então, enquanto erguia a xícara de café, ela me fez outra pergunta, no mesmo tom calmo de antes:

— Aí dentro... existe alguma vontade de viver?

— Você é um anjo da morte ou algo assim?

— Ha-ha-ha! Se eu fosse, não estaria falando em viver, estaria?

Seus olhos se estreitaram quando ela riu, como se achasse aquilo tudo muito divertido, e mais uma vez surgiram covinhas em seu rosto. Sua expressão tranquila fazia parecer que estava zombando de mim. As ondas de raiva que eu mal havia conseguido conter logo se intensificaram, transformando-se num maremoto furioso.

— Então, qual é a sua? O que você é, afinal?

— Você pode pensar em mim como um anjo da morte, mas, ao mesmo tempo, sou algo totalmente diferente. Um anjo da morte guia o caminho para os mortos, e eu estendo a mão aos que ainda estão vivos.

Estendo a mão aos que ainda estão vivos.

Repeti aquelas palavras na minha cabeça, uma após a outra. Eram suaves, mas continham certa gentileza misturada com brutalidade. Experimentei as palavras na ponta da língua e as engoli. Eu estava viva, mas isso me dizia que talvez eu fosse morrer em breve.

— Argh...

Acalmei meu coração enraivecido. Expirei com força, tentando soltar o ar que parecia preso em meus pulmões, enquanto massageava meu rosto franzino e abatido. Independentemente de aquilo ser real ou um mero delírio, agir por impulso não traria nada de bom. Reações exageradas sempre cobraram um preço alto demais do meu corpo. De todo modo, eu não tinha mais nada a perder, então talvez valesse a pena ao menos ouvir o que a mulher tinha a dizer. Assim que esse pensamento me ocorreu, meus olhos se voltaram para o crachá que ela usava.

— Senhora gerente...? Você é a gerente, certo?

— Pode me chamar como preferir — respondeu a mulher, ajeitando a postura após lançar um olhar para o próprio crachá.

Aproveitei a oportunidade e fiz outra pergunta sem hesitar.

— Então, dona gerente, está querendo dizer que eu posso morrer em breve?

— Foi o que você entendeu?

— Você disse que ajuda os que ainda estão vivos, não é?

— Hum...

A mulher deu de ombros de leve, como se eu tivesse entendido errado. Apenas anuí e levei aos lábios a xícara de café ainda intacta. Parecia que já fazia um bom tempo desde que o café havia sido servido, mas ele continuava bem quente.

— Isso depende de você... É você quem sente vontade de morrer, certo, senhorita Ji-won? E foi por isso que a livraria apareceu para você.

Sem argumentos, tomei mais um gole de café. Era a primeira vez que alguém tinha percebido que minha força de vontade estava definhando.

— Posso fazer uma pergunta?

Continuei em silêncio.

— Você acha que, se morrer, tudo vai acabar? — indagou ela, observando minha hesitação.

Pousei a xícara de café e fitei os olhos da mulher, que tinha o olhar fixo em mim. O rosto dela permanecia inexpressivo, mas, por algum motivo, senti vontade de desabafar. Talvez o fato de ela não ser humana me impelisse à sinceridade.

— Deve ser melhor do que ficar viva.

— Por que você acha isso?

— Porque viver é muito difícil.

— E o que torna a vida tão difícil?

— Acho que você já sabe a resposta.

— Ainda assim, é diferente quando a própria pessoa se escuta. Quero que sejamos sinceras, senhorita Ji-won.

O olhar da mulher estava repleto de calidez, como o pôr do sol. Os cantos dos lábios levemente vermelhos se ergueram numa bela curva, formando um sorriso que se embrenhou no meu coração. Ao mesmo tempo, as palavras que eu havia sufocado atrás de sorrisos forçados, enquanto dizia para os outros que estava tudo bem, subiram pela minha garganta.

— É o sentimento de culpa.

— Sentimento de culpa?

— Minha mãe faleceu há alguns anos. Ela sofreu durante muito tempo até falecer. Mas... sempre que penso nela, me sinto sufocar com tanta culpa.

— Mas ela não faleceu por sua causa.

— Ainda assim, eu contribuí para a morte dela. Não fiz nada enquanto ela definhava, e a deixei sozinha. Talvez seja por isso que estou sendo punida desse jeito. Não consigo nem me lembrar de como ela era quando estava saudável.

Deixar que outra pessoa me visse chorar era algo impensável para mim. Quando minha mãe faleceu, durante o funeral e até mesmo quando me despedi dela pela última vez no crematório, não derramei uma lágrima sequer. Contudo, por algum motivo, as lágrimas vieram ali, diante daquela mulher. Meu nariz ardia e meus olhos pareciam nuvens carregadas de tão inchados. De repente, minha visão ficou turva, e fechei os olhos com força, tentando conter as lágrimas insistentes.

— Você se arrepende da vida que levou até agora?

Eu chorava em silêncio quando a voz suave da mulher alcançou meus ouvidos, parecendo me afagar os ombros.

Eu estava com um nó na garganta, e tudo o que consegui fazer foi baixar a cabeça e assentir. A gerente observou minha reação em silêncio e não demorou a se levantar. Eu continuava com o olhar fixo no chão, mas percebi o movimento. Ela foi até uma estante num dos cantos da sala e pegou algo antes de voltar. Uma lágrima grossa escorreu pela ponta dos meus cílios e caiu. Então, levantei os olhos e voltei minha atenção para a mesa, onde uma caixa retangular me encarava ao lado da xícara de café.

— Se você pudesse voltar no tempo, qual momento escolheria?

— O quê...?

— Veja, isto aqui é o seu tempo, senhorita Ji-won.

O objeto que a mulher retirou da grossa caixa de papelão era uma ampulheta com cerca de dois palmos de altura. Porém, era uma ampulheta sem areia. Em vez disso, dentro do vidro transparente, estavam contidos o céu e o mar. A parte afunilada no centro formava um horizonte perfeito; era como admirar uma linda paisagem à beira de um despenhadeiro. O mundo dentro da ampulheta parecia não ser afetado pelo tempo: era impossível dizer se era dia ou noite, se o céu estava ensolarado ou nublado, se as ondas do mar eram brandas ou fortes. Não dava nem para se atrever a adivinhar. Vagarosamente, encarei aquele relógio que se erguia feito um templo sagrado. O topo, a base e os pilares que o circundavam reluziam em tons dourados.

— Eu chamo isto aqui de relógio da vida.

— Relógio da vida?

— Aqui estão todos os dias que você viveu e os que viverá daqui para a frente. Por enquanto, pode parecer apenas uma linda paisagem aos seus olhos, mas eu não vejo dessa forma. Agora, há nuvens carregadas cobrindo seu mundo, e os relâmpagos e trovões estão deixando tudo meio caótico. Ah, acho que talvez chova em breve. E se a chuva fizer o nível do mar subir e a linha do horizonte desaparecer totalmente... Então... nesse momento...

Fiquei em silêncio.

— Você morrerá, senhorita Ji-won.

Eu estava sem palavras.

— Porém, o nível do mar ainda não está tão alto.

As veias se tornaram mais visíveis na mão que ela usava para acariciar o bulbo superior da ampulheta. Sempre que a mulher mexia os dedos, os ossos protuberantes se destacavam ainda mais sob a pele fina. Não entendi bem o significado de suas palavras e, por isso, permaneci em silêncio. Mas, indiferente à minha reação, a mulher continuava a falar num tom calmo.

— Se você pudesse usar o tempo que lhe resta para reviver um momento passado... Qual escolheria, senhorita Ji-won?

Naquele momento, como mágica, pude ver o mar assolado por uma tempestade de relâmpagos refletido nas pupilas da mulher.

Fez-se silêncio. Pensando bem, não havia nada naquela livraria que indicasse o tempo. A gerente não usava relógio — apenas uma corrente prateada no pulso.

Olhei bem a ampulheta à minha frente. Era o único item dali que poderia ser chamado de relógio, ainda que não marcasse a passagem do tempo propriamente dito. Será que eu havia imaginado a furiosa tempestade e as nuvens cinzentas de desespero refletidas nas pupilas da mulher momentos antes? Balancei a cabeça com veemência.

— Não estou entendendo.

— Como eu disse, você pode trocar o tempo que ainda tem de vida por um momento passado.

A expressão dela estava mais séria do que nunca, e prendi a respiração sob o peso de suas palavras. Cada frase que ela dizia me envolvia como cordas entrelaçadas, me apertando cada vez mais. Ela estava me dizendo coisas sem sentido, sem qualquer prova concreta, apenas porque os livros próximos à entrada pareciam ser os da minha infância. Entretanto, o verdadeiro problema era que eu queria acreditar. A mulher havia aproveitado a brecha da minha hesitação e se espremido pela pequena abertura do meu coração.

— Esse tipo de barganha tem uma regra bem simples: eu lhe oferecerei três chances de voltar ao passado, e você poderá permanecer lá por três horas. Em troca, retirarei esse do tempo que ainda lhe resta.

— Quer dizer que você vai retirar todo o meu tempo restante?

— Bem, não todo. É lógico que eu posso retirar tudo também, se esse for o caso. Quanto mais longe no passado você quiser voltar, maior será a quantidade de tempo que eu tirarei de você.

Entregar o tempo que me restava em troca de voltar ao passado. Ter a chance de revisitar momentos importantes. Uma oportunidade que já devia ter passado pela cabeça de qualquer pessoa ao menos uma vez na vida se descortinava diante de mim. Eu ainda não sabia se aquela mulher me dizia a verdade ou não, mas uma coisa era certa: ela não estava tentando me convencer. Se aquilo fosse mentira, teria que se esforçar um pouco mais para conseguir me persuadir. Afinal, o princípio básico de uma barganha é a concordância mútua.

Aproveitei o silêncio que se estendeu para fazer um rápido balanço da minha vida, e escolhi minhas palavras com o máximo cuidado possível. Apesar da minha hesitação, a mulher esperou pela resposta e não demonstrou qualquer sinal de impaciência.

— O que poderia mudar se eu voltasse ao passado?

— Muito mais do que você imagina.

— Uma pessoa que já morreu poderia voltar à vida?

— Isso depende das escolhas que fizer.

Minha boca ficou seca diante daquela resposta ambígua. Se tudo dependia de simples escolhas, então era possível. Ergui a xícara de café e beberiquei; o líquido ainda quente desceu suavemente pela minha garganta.

— Mas essa barganha não é meio injusta? Eu nem sei quanto tempo me resta no relógio da vida, e, mesmo que consiga voltar ao passado, não tenho como saber o dia e a hora exatos do momento para o qual quero voltar. Quantas pessoas se lembram com precisão dos detalhes de cada um dos dias que viveram?

— É por isso que esta livraria existe — disse ela, enquanto se levantava devagar do sofá e passava deslizando ao meu lado.

Eu ouvia em alto e bom som os tênis brancos imaculados pisando sobre o chão de madeira. Virei um pouco para acompanhar seus passos com o olhar, enquanto ela retirava um livro de uma estante enorme. Quando o entregou a mim, vi *6 de fevereiro de 2023* escrito na lombada azul-turquesa.

6 de fevereiro de 2023. 6 de fevereiro...

Minhas mãos apertaram o livro com mais força, sem que eu me desse conta. Era o mesmo que eu tinha visto na entrada pouco antes. Exatamente o que se destacava em meio aos outros por aparentar ser novo. Fitei em silêncio a mulher que atravessava a sala, sem conseguir abrir o volume. Ela olhou para mim e assentiu, como se lesse meus pensamentos.

Não tenho conseguido dormir direito. Preciso ir ao médico. Minhas pálpebras estão tão pesadas que está difícil dirigir. Não fiz quase nada e já são onze horas da manhã. Preciso chegar à clínica antes do almoço. Apesar de eu mesma ter decidido ir, já não estou mais tão segura disso.

Assim que abri o livro, minha respiração falhou ao encarar as palavras diante dos meus olhos. Conforme eu lia aquelas frases escritas em um cinza desbotado, letra por letra, mais tensa ficava. Era a lembrança exata daquele dia, três semanas antes.

Seu processo de luto está muito longo. Quanto mais eu penso nas palavras daquele médico, mais ridículo aquilo me parece. É como o estudo que diz que a paixão dura três anos. Quem deu essa autoridade toda para decidir o prazo de validade dos sentimentos alheios? Me sinto impotente por não ter energia nem para me irritar com uma coisa dessas.

— Tudo de que você precisa está aqui. Senhorita Ji-won, esta livraria guarda todas as suas memórias, e não há lembranças que não estejam registradas.

A mulher estava certa; não tinha como ela saber aquelas coisas que estavam escritas ali, nem mesmo se tivesse feito uma pesquisa prévia. Aquelas palavras eram nada mais, nada menos, que os meus pensamentos, o que se passava no meu coração.

— Se você é alguém que estende a mão àqueles que estão vivos, por que faz esse tipo de acordo? Por que pede em troca o tempo de vida restante da pessoa? — questionei após fechar o livro.

— Essa é a minha maneira de ajudar — falou a mulher, recostada na mesa. — Por isso, sou alguém que pode se revelar apenas aos vivos, nunca aos mortos. Você já não estava decidida a morrer de qualquer jeito, senhorita Ji-won? Os termos do acordo não me parecem tão ruins para você... Se "ainda" está viva por não conseguir desistir da própria vida, talvez aceitar que alguém faça isso por você seja uma boa solução.

Um ar gélido preencheu aquele espaço enclausurado, me causando calafrios. A mulher estava lendo meus pensamentos, assim como tinha feito antes. Uma sensação de derrota me preencheu ao ouvir as palavras: "Por não conseguir desistir da própria vida." Talvez a mulher fosse a personificação da morte, e tivesse vindo me buscar.

Eu não podia ser descuidada. Era como se cada palavra que eu dissesse pudesse se transformar em uma faca afiada, pronta para me dilacerar a qualquer momento. No fim das contas, eu me encontrava no limite entre a vida e a morte.

— Você conseguirá ver sempre que houver alteração no nível do mar no seu relógio da vida.

— E o que isso significa?

— Se houver alguma mudança, devolverei seu tempo de vida.

— Então você pode devolvê-lo depois de tirá-lo de mim? Que jogo cruel é esse?! Alguém que veio trazer a morte para uma pessoa que não tem coragem de tirar a própria vida agora quer devolvê-la à pessoa? Só pode ser brincadeira!

Não aguentei mais e me levantei de súbito. Meu coração tamborilava. Eu sentia que ele subiria pela minha garganta e sairia pela boca. Juntei todas as minhas forças e encarei a mulher, que veio até mim com passos firmes e o rosto inexpressivo de sempre. Um tufão se desdobrava em seus olhos, como se quisesse me mostrar que o que eu tinha visto antes não era ilusão.

— Você ainda vai me agradecer... Porque, se algo mudar, isso significa que você quer viver.

Os registros da livraria

Desde criança, sempre adorei livrarias. A das minhas memórias de infância era um lugar com corredores estreitos, onde mal passava uma pessoa, e estantes abarrotadas de livros didáticos de capa dura que refletiam a luz ofuscante das lâmpadas brancas fluorescentes.

Ainda assim, eu adorava esse tipo de livraria. Um lugar grande, com uma atmosfera fria e sem nenhuma janela, para que as capas dos livros não desbotassem sob a luz do sol. O cheiro forte de papel e poeira se acumulava no espaço mal ventilado e, mesmo quando meu nariz coçava, eu adorava cada momento passado ali.

Eu me tornei escritora, em grande parte, por influência da minha mãe, que largava tudo para me levar à livraria sempre que eu queria comprar um livro. Bastava dizer que eu gostaria de ler algum título para que ela o comprasse para mim. Independentemente do conteúdo. Na verdade, ela também amava ler, e, quando íamos às compras, nossos livros sempre ficavam aconchegados lado a lado dentro das sacolas.

O ambiente frio e de aroma intenso desta livraria, além das imensas estantes perfeitamente alinhadas, eram mais do que suficientes para me manter ali. Talvez a mulher soubesse disso desde o início e tivesse calculado o momento certo para aparecer diante de mim. Por que não? Afinal, ela era capaz de manipular o tempo de vida das pessoas ao seu bel-prazer...

Soltei um suspiro baixo, enquanto prestava atenção em seus passos tranquilos; mesmo de costas, ela mantinha uma postura impecável.

— Se já tiver tomado sua decisão, que tal entrarmos em ação logo?

A voz dela reverberou em meus ouvidos, feito uma gravação de fita cassete em looping. Mesmo se eu tivesse me levantado de supetão e gritado, ela interpretaria minha permanência como uma resposta afirmativa. Sem dizer nada, apenas segui seus passos.

Olhei por cima do ombro para o lugar onde eu estava sentada fazia poucos instantes. A xícara de café e o bule, que antes soltavam vapor sem parar, já haviam perdido todo o calor, e o antigo aquecedor a óleo, que tinha esquentado meu rosto enregelado, esmaecia até se apagar, como se estivesse dando tchau para mim enquanto eu deixava o cômodo. Eu já não me espantava com aquelas coisas estranhas. Naquele lugar bizarro, onde se podia trocar o tempo futuro por uma viagem ao passado, objetos que pareciam se extinguir eram um mero detalhe.

A mulher seguia adiante, caminhando na direção oposta à sala. Quando uma interseção entre as estantes se revelou, pude ver a majestosa árvore à esquerda, ainda ostentando toda a sua imponência. Embora o corredor mantivesse grande distância da árvore, eu conseguia sentir vividamente sua folhagem verde, como se estivesse bem ao meu lado. Ouvi o farfalhar das folhas vindo do centro da livraria, onde não havia uma lufada de vento sequer.

— Sente-se onde quiser — disse a gerente ao parar, sem ter olhado para trás uma só vez.

O lugar aonde chegamos era uma sala de leitura com uma mesa retangular no centro, como as encontradas em qualquer biblioteca. Ali, tudo parecia meticulosamente simétrico: as cadeiras dispostas em conjuntos de quatro com ângulos retos, como se seguindo o padrão da mesa, e as estantes dispostas como reflexos umas das outras. Parada à entrada, eu apenas observava as costas da mulher enquanto ela se afastava cada vez mais. Eu esperava encontrar paredes de vidro como na sala anterior, mas, em vez disso, havia ali uma porta pivotante aberta para dentro de uma parede. Eu não conseguia tirar os olhos daquela porta de madeira escura.

— O que acha? Familiar, não é? — perguntou a mulher gentilmente. — Você gostava daquele aparelho de som quando era criança.

— Ah...

Quando me virei para olhar na direção em que ela apontava, não contive a reação de espanto. Ali estava um antigo aparelho de som preto, igual ao que meu pai usava para tocar música quando eu tinha 4 ou 5 anos — uma época que parecia tão distante.

— O toca-discos quebrou naquela época, mas este aqui funciona perfeitamente. Os discos ainda estão nessa gaveta. A audição é um sentido tão poderoso para a memória quanto a visão e o olfato; ouvir músicas familiares ajudará a encontrar suas lembranças. E aqui estão o manual da livraria e o marcador de páginas que permitirá que você volte no tempo.

Os movimentos dela eram tão naturais quanto água corrente. Fui compelida por seus gestos e, de repente, me vi sentada em uma cadeira, segurando o manual e o marcador que ela havia me entregado. O livro em minhas mãos era pequeno e fino como um folheto, e o marcador, de couro azul-marinho feito o oceano ou o céu noturno, era fino e longo, com uns quinze centímetros. O tempo o havia suavizado e tornado macio, e ele possuía um cordão preso a uma das extremidades, como se para indicar o lado correto do marcador. Cruzei os braços e ergui o olhar, encontrando os olhos da mulher. Ela me observava de cima enquanto pestanejava devagar e exalava tranquilamente.

Demorei algum tempo para ajeitar o marcador sobre a mesa e abrir o manual. Bastava virar a capa, mas, ainda assim, aquilo não me parecia uma tarefa fácil. Eu tinha certeza de que, no momento em que abrisse aquele livro e lesse as palavras contidas ali, não haveria mais volta. Quase como se estivesse assinando um contrato definitivo. Mas, no fim das contas, acabei por abrir e comecei a ler. Na primeira página, nem perfeitamente branca nem completamente desbotada, lia-se o título REGRAS DE USO DA LIVRARIA DAS MEMÓRIAS E DA VIAGEM NO TEMPO.

As letras não eram nem grandes nem pequenas, com traços nítidos e elegantes. Passei a ponta dos dedos sobre elas para sentir sua textura; eram lisas e com um leve relevo. Virei a página. Era uma que estava em branco, sem nada escrito.

Umedeci os lábios ressecados e virei mais uma página. Ali estavam frases harmoniosamente dispostas.

1. *Regras de uso da Livraria das Memórias*
   - *A livraria registra e armazena todas as lembranças dos viajantes do tempo em forma de livro.*
   - *O viajante do tempo pode usar os registros de memórias para voltar precisamente ao momento desejado.*
   - *Ao encontrar a lembrança que almeja, coloque o marcador entre as páginas do livro e o entregue à gerente.*
2. *Regras da viagem no tempo*
   - *A viagem no tempo tem como princípio a troca entre o tempo passado e o tempo futuro.*
   - *Embora os tempos passado e futuro não sejam exatamente os mesmos, suas proporções permanecem equivalentes.*
   - *O número de viagens no tempo se limita a três.*
   - *O tempo que tiver passado será irreversível.*

- *Só é possível permanecer três horas no passado.*
- *O viajante existirá no passado como a versão de si mesmo do momento para o qual tenha voltado, possuindo a consciência do presente.*
- *Não é permitido mencionar acontecimentos futuros.*
- *Caso ocorra alguma mudança na vida do viajante, será possível recuperar o tempo futuro perdido.*
- *A vida do viajante chegará ao fim no momento em que a linha do horizonte desaparecer em seu relógio da vida.*

O tempo parou enquanto eu lia o manual. E a livraria começou a ganhar vida assim que terminei de lê-lo. Os livros empilhados uns sobre os outros pareciam respirar, e as luzes e sombras ali dentro passaram a se mover no ritmo do meu coração.

A mulher, que antes me observava de braços cruzados, se afastou e começou a examinar os discos de vinil dentro da gaveta. *Eu sabia.* Era ela quem instilava vitalidade naquele lugar. O tempo não havia parado, ele apenas havia começado a fluir no momento em que decidi seguir as regras dali.

Fiquei observando enquanto a mulher retirava um disco de dentro da capa. Mesmo de costas para mim, ela parecia perceber meu olhar, pois se dirigiu a mim enquanto soprava a poeira do disco.

— Muito fácil, não é? Se tiver alguma dúvida, é só perguntar.

O tom impassível da mulher despertou uma infinidade de questões em mim.

— O que quer dizer "o tempo que tiver passado será irreversível"?

A mulher recuou a mão prestes a colocar o disco no aparelho e se virou na minha direção.

— A escolha do momento a ser visitado deve ser feita com o máximo de cautela. Se você retornar até determinado ponto, poderá voltar ainda mais no passado, mas nunca para um momento mais próximo do presente.

— Por quê?

— Porque o tempo não flui dessa forma. Você pode voltar uma vez, mas não pode embaralhá-lo. Por isso, o ideal é começar de um ponto mais próximo possível do presente.

Dessa vez, ela desviou o olhar e se virou para retomar o que estava fazendo. Ela colocou o disco preto sobre o prato, que começou a girar no sentido horário. A agulha, cuja ponta não estava afiada, emitiu um som crepitante ao tocar o disco. A música clássica, cujo nome eu desconhecia, me era familiar e emergia do fundo da minha memória.

Para qual momento poderia voltar?

Para qual momento deveria voltar?

Incontáveis arrependimentos vieram à minha mente. Sempre que um momento de remorso vinha à tona, eu não parava de imaginar o que teria acontecido se eu tivesse agido de outra forma.

Apesar de dolorosa, a lembrança de quando minha mãe faleceu também me veio à mente. Era inverno, e estava mais frio do que nunca. O quarto de hospital estava seco por causa do aquecedor. Diziam que a audição era o último dos sentidos a falhar quando alguém estava morrendo. E que por isso, nos momentos finais de um ente querido, devíamos sussurrar o quanto o amávamos.

Mas eu não me lembrava do que tinha dito naquele momento. Será que, enquanto minha mãe se esvaía aos poucos, eu lhe tinha dito que a amava?

A madrugada escura e ameaçadora; os galhos secos lá fora; a ardência nos olhos após dias sem dormir; a exaustão extrema. Tudo isso continuava bem vívido em minha memória, mas o resto... Eu não me lembrava de mais nada.

Na minha memória, restavam apenas fragmentos: a imagem do meu irmão de costas para que o restante da família não o visse chorar em silêncio; minhas tias chorando aos soluços; meu pai em silêncio. Apenas esses detalhes permaneciam. Não conseguia me lembrar de absolutamente nada sobre mim mesma ou meus sentimentos.

Coloquei sobre a mesa os objetos que segurava e me levantei. O ruído da cadeira sendo arrastada ecoou no ambiente e a mulher continuou a me fitar, parada em silêncio.

— O livro... Como eu o encontro? — perguntei.

— Senhorita Ji-won, a lembrança de que precisa estará aonde quer que você vá.

Era impossível determinar com precisão a largura e a profundidade daquela livraria. Os espaços largos eram infinitamente largos e os estreitos, infinitamente estreitos. Em certo ponto, pareceu que se eu avançasse um pouco mais ali dentro, logo chegaria ao fim da livraria; porém, ao olhar mais de perto, vi um espaço infinito se estendendo além da escuridão densa como breu. Caminhei pelos corredores cercados de livros, refletindo sobre o que precisava fazer. Para qual momento deveria voltar. Para qual momento poderia voltar.

Naquele silêncio gritante, apenas o som dos meus passos ecoava. Parei diante de uma estante; na lombada de um livro à altura dos meus olhos, havia a data de 10 de julho de 2022. Era uma lembrança de pouco mais de sete meses antes. Estendi a mão para a lombada vermelha e, com uma leve pressão do indicador, o livro tombou suavemente para fora da prateleira sem oferecer resistência.

As letras do livro eram escuras, ao contrário da lembrança de três semanas antes. Abri-o no meio e virei algumas páginas. Então, comecei a examinar meus pensamentos já transcorridos.

É difícil respirar com o prazo se aproximando. Escrevo algumas palavras apenas para apagá-las logo em seguida. Para onde vai tudo isso? Se eu reunisse todas essas palavras que escrevo com tanto esforço e apago com tanta facilidade, talvez fosse o suficiente para compor um livro. Não há ninguém me apressando; a única impaciente sou eu. Na verdade, vivo apressada. Mas fui eu que escolhi essa profissão.

Eu lembrava. Tinha sido na época da minha última série. Não que eu estivesse planejando parar, mas foi a última série que consegui produzir. Desde então, não consegui fazer mais nada. Esse foi o início de tudo. Foi ali que os sintomas de pânico, tão bem reprimidos por quase dez anos, começaram a reaparecer.

Fechei o livro e o devolvi à estante, retirando outro. A lombada vermelha exibia a data de 28 de julho de 2022. Ainda naquele verão.

Parei com a série. Não importa o quanto eu me esforce, não consigo escrever mais. Minha insônia piorou com a falta de ar, e estou fazendo tomografias do crânio. A claustrofobia me impede de entrar em espaços fechados, então os exames estão sendo feitos sob anestesia. É meu único momento de fuga.

Fitei o risco preto sobre a palavra "descansar", inexpressiva. As letras tinham um tom de cinza escuro, semelhante ao trecho da lembrança mais recente que vi. Achei estranho aquele formato; seria possível que uma lembrança pudesse ser alterada assim? Devolvi o livro à estante e comecei a vagar, curiosa para saber se havia mais registros daquele jeito, contudo, era difícil encontrar um livro que estivesse ao alcance das minhas mãos. Passei pelas estantes e descobri uma seção em que as lombadas tinham outra cor.

5 de setembro de 2022

Uma lembrança do outono.

Apesar de ter feito um milhão de exames, não encontraram nada de errado com meu corpo. Neste momento, estou fazendo o melhor que posso para me enganar. Mesmo sabendo qual é o problema, insisti em fazer coisas inúteis e sem sentido... Agora, só me resta admitir que tenho apenas um lugar aonde ir.

Fiquei desapontada ao notar o mesmo formato de sempre. Até o conteúdo era mais do mesmo. Então, eu o devolvi à estante sem pensar duas vezes. Foi aí que senti, em cada célula do meu corpo, o verdadeiro peso daquela livraria. Passei tanto tempo tentando me convencer de que havia aceitado e acreditado na existência dela e daquela mulher desconhecida, que nem havia notado que ainda mantinha uma linha tênue de ceticismo. Porém, naquele momento, senti como se aquela linha, à qual eu tinha me agarrado, tivesse acabado de romper. Os registros naqueles livros, que até então eu lia com certa descrença e a esmo, eram, de fato, fragmentos da minha memória.

O peso daquela descoberta foi demais para mim. Senti como se a livraria estivesse sugando todo o ar do meu corpo e fazendo meu coração murchar. Por um instante, fiquei sem fôlego, quase incapaz de me manter em pé, e me afastei da estante. Quanto mais velozes eram meus passos, mais rápido os livros passavam diante dos meus olhos, se assemelhando a carros em alta velocidade numa estrada.

Foi só quando cheguei a um beco sem saída que meus pés se detiveram. A parede obstruiu o medo e o terror que me perseguiam implacavelmente; expulsei as emoções violentas prestes a me consumir e, sem pensar, estiquei a mão para pegar um livro. Na lombada marrom-clara, havia a data de 13 de junho de 2019.

> *Meu primeiro contrato. Uma inscrição que eu estava insegura de fazer logo se transformou em uma proposta de publicação. Um pensamento surgiu na minha mente assim que li o e-mail com o resultado da inscrição, enquanto dirigia de volta para casa: preciso ligar para minha mãe e contar a ela! Ela vai gostar de saber, né? Vai ficar feliz, né? É meio constrangedor agir que nem criança, coisa que eu nunca fiz antes. Mas logo a realidade me atingiu. Minha mãe morreu. Segurando o volante, me senti atordoada.*

Lágrimas brotaram quando fui pega desprevenida por aquelas palavras. Senti minha mandíbula entorpecer com a força com que cerrei os dentes. Era a primeira vez, naquele lugar estranho, que eu via a palavra "mãe". Senti como se estivesse engolindo pregos, e minha garganta se apertou em um nó. Ninguém estava olhando, então talvez eu pudesse simplesmente chorar. Mas, ainda assim, não conseguia ser sincera comigo mesma. O desejo de sempre ser a filha exemplar obstruía minhas lágrimas. Por instinto, ergui o olhar para o teto e fechei os olhos devagar na direção daquela altura sem fim. As lágrimas, que ameaçavam cair, desapareceram, absorvidas como água em uma esponja. Com um suspiro, senti um alívio antes de retomar a leitura.

Preciso ligar para minha mãe e contar a ela!

Meu olhar se demorou nessa frase. Meu peito doía como se estivesse sendo dilacerado por uma faca. Já havia me sentido assim incontáveis vezes.

A ferida mais profunda no meu coração era minha mãe. Sempre tinha sido. Não apenas sua ausência, mas sua própria existência havia deixado em mim uma cicatriz, e, só de pensar nela, eu sentia uma angústia profunda. Era exatamente por isso que eu tentava afastá-la dos meus pensamentos. Mas esse esforço apenas me fazia sentir culpa e remorso, levando-me a tentar olhar as coisas sob a sua perspectiva e sentir suas emoções como se fossem minhas.

Assim, o círculo vicioso se repetia. Apenas naquele momento, ali na livraria, eu consegui entender a verdade óbvia: eu precisava reunir coragem para encarar as lembranças que haviam sido enterradas ou gravadas no fundo da minha memória como uma tatuagem.

Senhorita Ji-won, a lembrança de que precisa estará aonde quer que você vá.

Lembrei-me do que a mulher havia me dito. Saí em busca da memória que precisava enfrentar primeiro, passando pelas estantes idênticas que se erguiam lado a lado em diferentes cores e alturas. Quanto mais forte eu pisava no chão de madeira, mais poeira rodopiava atrás de mim como dentes-de-leão.

Como será que minha lembrança daquele dia estaria registrada? Um calor pulsou do meu coração, trêmulo de preocupação e ansiedade, até o topo da minha cabeça. Caminhei até o ponto mais profundo da livraria que consegui alcançar, me embrenhando o mais longe possível, e retornei pela sala de leitura. A lembrança guardada ali me atraiu como um ímã.

— Achei.

A mulher estava certa. A lembrança de que eu precisava realmente estaria aonde quer que meus pés me levassem.

— Mas... por que está assim?

No momento em que tentei retirar o livro da estante, fui tomada por uma sensação estranha, e minha mão parou no ar.

28 de fevereiro de 2016

A lembrança que eu procurava tinha uma capa gasta, como se tivesse sido vandalizada. Era diferente de todos os livros que eu tinha visto até então.

Um terror tomou conta de mim. A capa detonada parecia refletir meus sentimentos naquele dia, e isso me assustou. Ainda assim, criei coragem para estender a mão, que estremeceu ao toque do papel puído em meus dedos.

Virei a capa desbotada, que algum dia talvez tivesse sido azul-marinho, e abri o livro. Não era apenas a capa que estava danificada: as páginas encardidas e enrugadas deixavam o volume mais pesado do que qualquer outro. Folheei com cuidado as páginas frágeis que davam a impressão de estarem prestes a rasgar. No interior do livro, em vez de letras ordenadas como nos anteriores, havia linhas pretas rabiscadas a lápis com força.

28 de fevereiro de 2016.

O dia em que minha mãe morreu.

Pensei que me preparar para a morte me traria resignação.

— Ji-won, preste atenção ao que seu pai vai dizer. Sua mãe está um pouco doente e vai precisar ficar no hospital por algum tempo.

— O que ela tem para precisar ser hospitalizada?

— Você é a filha mais velha e precisa saber, por isso estou te contando. Mas não é nada tão grave. Sua mãe foi diagnosticada com câncer de nasofaringe...

— Câncer?

— Uhum, mas os médicos disseram que ela pode se recuperar completamente com químio e radioterapia. O papai vai cuidar de tudo para que nada aconteça, então não precisa se preocupar.

Isso foi pouco depois da época do vestibular. Eu soube do câncer da minha mãe antes mesmo de ver os resultados das provas. Na época, não me preocupei; aos 18 anos, já tinha visto meu pai vomitar sangue, e, aos 19 anos, enquanto me preparava para o vestibular, meu irmão tinha até doado parte do fígado para nosso pai. Minha ignorância me protegeu da ansiedade. Assim, da mesma forma que meu pai e meu irmão se recuperaram, achei que o furacão na vida da minha mãe também iria passar. Contudo, o problema não se resolveu tão fácil.

— É uma sequela da radioterapia... Sua mãe parece estar com sintomas de hemiplegia.

Aos 20 anos, eu ainda era ingênua. Minha mãe se recuperou da doença exatamente como meu pai havia garantido. Assim, me convenci de que tudo voltaria ao seu devido lugar. Mas não foi o que aconteceu.

Aos 21 anos, eu continuava imatura. Vi minha mãe sofrer as sequelas da doença. Ela, que sempre foi mais confiante, esperta e forte do que qualquer outra pessoa, começou a definhar aos poucos e evitar os olhares alheios. Eu mentia para mim mesma, dizendo que tudo ficaria bem; que era apenas um pesadelo terrível que, assim como a escuridão da noite, desapareceria com a chegada da manhã, e tudo voltaria ao normal.

— A disartria veio acompanhada da disfagia. Ela também não vai conseguir engolir alimentos no futuro, mas, para esses casos, podemos inserir uma sonda de borracha diretamente no estômago para alimentação.

A situação só piorou. Minha mãe tinha superado o raro câncer de nasofaringe para desenvolver hemiplegia no braço e perna esquerdos como efeito colateral da radioterapia... Com o tempo, sua língua e garganta endureceram, e foi necessário abrir um orifício no abdômen e inserir a sonda de alimentação para ingestão apenas de líquidos. Apesar disso, eu ainda me considerava sortuda, pois tinha minha mãe ao meu lado. Por mais abatida que estivesse, por mais que chorasse com maior frequência, por mais deprimida que aparentasse... ela ainda estava ali comigo. Acreditei que, se rezasse com bastante afinco e mantivesse a esperança, um milagre poderia acontecer. Assim, rezei todas as noites para um deus em que nunca acreditei.

Por favor, ajude-a. Por favor, salve-a. Faça com que minha mãe volte a ser saudável como sempre foi. Eu imploro.

— É possível que o câncer tenha retornado. A única certeza que podemos ter é de que precisamos esperar o resultado da biópsia, mas, por ora, é melhor não comentar nada com a paciente. Quando tivermos certeza do resultado, então...

Por quanto tempo mais eu teria que rezar por um milagre? Quanto mais eu precisaria definhar... para que minhas preces chegassem aos céus? Achei que não havia como piorar, mas, como se zombando das minhas esperanças, más notícias chegavam diariamente.

Aos 26 anos, numa viela tarde da noite, desabei na rua deserta e chorei, esmurrando o chão até esfolar as mãos.

Já fazia sete anos. Sete anos... Por que isso havia acontecido comigo? Por que havia acontecido com a minha mãe? Ela nunca tinha feito mal a ninguém...

Não desta vez. Não seria desta vez. Não podia ser desta vez. Por favor, castigue a mim. Pela minha mãe... Por favor, pare... só pare com essa crueldade.

— O câncer entrou em metástase e se espalhou por todo o corpo. Não há mais nada que possamos fazer. A família precisará ter uma conversa séria para decidir quanto aos cuidados paliativos. Se optarem pela interrupção, por favor, assine aqui.

Deus estava morto.

Não importava o quanto eu rezasse, minhas preces não eram atendidas. Assinei meu nome, conforme a promessa que havíamos feito à minha mãe quando ela estava saudável, de que não a submeteríamos a cuidados paliativos. *Ji-won Kim*. Assinei o nome que ela havia escolhido para mim, autorizando, assim, sua morte.

Vinte e sete anos. A morte não chegou de repente. Um dia, com a maior naturalidade, a morte entrou pela porta do quarto do hospital e permaneceu ao lado da minha mãe por dias, da mesma forma que eu costumava fazer. Diante da morte, eu me sentia infinitamente pequena, enquanto ela se alimentava do meu medo, crescendo sem parar. Até que finalmente parou ao lado da cama da minha mãe com a boca escancarada. Aquilo durou dos meus 19 aos 27 anos, então achei que estivesse bem depois de oito anos me preparando para a separação. Nos últimos momentos que passei com minha mãe, pensei ter sido forte por não derramar uma lágrima sequer, acreditei que continuaria sendo a filha exemplar. Mas não foi assim. Meu interior era tão firme que eu era incapaz de ceder e, por ter me forçado a resistir, me fiz em mil pedaços.

Isso estava comprovado ali, naquele livro.

— Ah...

Não importava quantas páginas eu virasse, o resultado era sempre o mesmo. O livro, amarrotado como se tivesse caído na água e então secado, estava coberto de manchas escuras. Fiquei sentada ali, imóvel, como se tivesse esquecido o que deveria fazer. Apenas continuei a virar página após página em vão. Até que uma nova surgiu, deixando as amassadas para trás.

— Este é o esboço que mencionei antes.

— Esboço...?

— Quando chegou um ponto em que você sentiu que o seu vocabulário não era suficiente para se expressar, o que restou foi essa imagem — explicou a gerente, que havia se aproximado sem que eu percebesse e sentado no chão ao meu lado.

Nas mãos dela, havia uma vela protegida por um vidro fino, parecida com uma lanterna tradicional coreana. Respirando pausadamente, a mulher se recostou na estante e esticou as pernas. Contemplei as páginas abertas sob a luz bruxuleante; uma janela enorme tomava o espaço da folha. Diante da janela, a figura do meu irmão de costas, sozinho, chorando em silêncio.

— Talvez você estivesse observando seu irmão sob o olhar da sua mãe no dia em que ela faleceu... Você tentou entender a preocupação dela com relação a ele, não foi? Por isso, não havia palavras que fossem suficientes no seu vocabulário para preencher esse espaço.

As palavras pesaram como uma rocha no meu coração. Minha respiração ficou irregular. A chama da vela tremulava na mão da mulher, oscilando diante dos meus olhos como ondas. Em vez de concordar com ela, externei a pergunta que me assolava:

— Este livro... por que está neste estado?

A mulher deixou a vela de lado, se inclinou um pouco e pegou o livro das minhas mãos com delicadeza.

— Os livros que não estão em bom estado são as lembranças que você mais tem revisitado, senhorita Ji-won. Quanto mais manuseamos o papel, mais manchado, amassado e desgastado ele vai ficando, certo? Você tem visitado tanto a lembrança daquele dia, que ele ficou assim.

— Mas e estas partes pretas bem aqui?

— Lembranças podem esmaecer, ficar borradas e distorcidas com o passar do tempo. As lembranças esquecidas na sua memória são gravadas com letras mais escuras, enquanto as que permanecem vívidas estão em letras mais claras. Parece que você tentou esquecer a lembrança daquele dia, mas só o que fez foi trazê-la ainda mais à tona. E, a cada vez, você a alterou um pouco. Nesse processo, a tinta se misturou e concentrou, deixando as letras neste estado.

Lembranças eram distorcidas com o passar do tempo. Eu... eu mesma tinha alterado a lembrança daquele dia.

— A memória é como uma bola de neve — murmurou a mulher, com as mãos unidas em formato de círculo. — Quanto mais você a empurra, maior se torna; e quanto maior fica, mais difícil é lidar com ela. O mesmo ocorre com a culpa.

A mulher moldou uma esfera invisível com as mãos e a empurrou contra meu peito. Um frio cortante se espalhou a partir do ponto onde a mão dela tocou, e, instintivamente, acariciei o local. O choque da temperatura congelante percorrendo meu corpo me fez estremecer.

— O que será que estava escrito aqui antes? E para o que você acha que mudou?

Fiquei em silêncio.

— No fim, o que será que restou?

As perguntas dela se acumulavam diante de mim e eu não conseguia responder a nenhuma delas. Como se já esperasse aquilo, a mulher começou a destrinchá-las, uma a uma.

— "Eu te amo", "obrigada", e...

Olhando nos meus olhos, ela me devolveu o livro, como se dizendo que a última resposta pertencia a mim. Virei as poucas páginas restantes e li a frase escrita com uma tinta fraca.

Sinto muito por tudo, mãe.

Havia uma estante cheia de grossos arrependimentos. A maioria dos livros desgastados pela culpa tinha data posterior ao diagnóstico inicial da minha mãe. Ao contrário daqueles que permaneciam intactos, os livros grossos e pesados tinham a aparência precária, como se fossem tombar da estante a qualquer momento. Peguei os mais destruídos dentre eles e voltei para a sala de leitura. Então, após colocá-los sobre a longa mesa, encarei-os durante um bom tempo, perdida em meus pensamentos.

A mulher tinha dito que precisava buscar algo e desapareceu. Sozinha, eu tentava entender em qual ponto aquilo tudo tinha começado. Como haviam surgido as chamas que tinham consumido a minha vida inteira? O que eu precisava mudar para evitar que aquela fagulha aparecesse? Eu hesitava e fingia não saber, mas a resposta para aquelas perguntas era óbvia. Eu havia passado todo aquele tempo sendo esmagada pelo peso das lembranças distorcidas pela culpa, mas só havia realmente um único desejo em meu coração.

Minha mãe. A saúde dela. Que ela estivesse ali comigo. Queria uma vida ao seu lado.

Segurei o marcador de páginas que a mulher havia me entregado e entrei numa reflexão profunda. À primeira vista, três oportunidades poderiam parecer muita coisa, porém não eram nada diante da sede acumulada durante todos aqueles anos. Além disso, eu não poderia revisitar um momento ao qual já havia retornado. Se eu fizesse uma primeira escolha errada, as outras oportunidades não valeriam de nada. Portanto, eu precisava escolher o momento para o qual retornar com muito cuidado. Fechei os olhos e me concentrei em recuperar as lembranças indistintas.

Primeiro, pensei na doença da minha mãe. Já que não seria possível evitá-la, o melhor a se fazer seria detectá-la o mais cedo possível e iniciar o tratamento. Na época, a exposição excessiva à radiação também havia sido um problema, pois a doença já avançava muito rápido. Por conta disso, minha mãe teve graves sequelas, e, ao continuar suportando aquele tormento diário em nome da esperança de que tudo acabaria bem, todos nós fomos morrendo aos poucos.

Peguei um dos livros da pilha e abri. A data na lombada era de 23 de novembro de 2008, quando eu tinha 19 anos.

Dentro do carro tarde da noite, enquanto volto para o dormitório, meu pai me conta:

— Sua mãe foi diagnosticada com câncer.

Câncer... É a primeira vez que ouço essa palavra e reflito sobre ela. Ninguém próximo a mim teve câncer, então penso que não deve ser uma doença tão séria. Se meu pai disse que está tudo bem é porque está tudo bem. Decido simplesmente acreditar nisso.

Essa tinha sido a primeira vez. A primeira rachadura no que, até então, era uma vida inabalável. Achei que, se meu pai tinha dito que estava tudo bem, então era verdade. Assim era o mundo em que eu vivia. Mas ele tinha mentido para mim, e, apesar de estar prestes a completar 20 anos, aos olhos do meu pai eu sempre seria a menininha que ele queria proteger a qualquer custo. Só fui descobrir a verdade alguns anos depois, quando minha mãe já sofria com as sequelas.

— Se sua mãe tivesse ido ao hospital quando eu falei, não teria chegado a esse ponto — diz minha tia.

— Ela não tinha descoberto no início da doença? — pergunto.

— Antes disso, quando seu pai estava tossindo sangue e precisou ser internado, uma vez sua mãe desmaiou no saguão do hospital — responde minha tia. — Se ela não tivesse ignorado aquilo e feito exames... Argh...

14 de março de 2012. Foi quando tive essa conversa com minha tia na cafeteria do hospital onde minha mãe tinha sido internada para tratar a hemiplegia. Lembrei-me da conversa e toquei cada uma das letras, irregulares como se tivessem sido escritas com bastante força. Minha

mãe não havia adoecido quando eu tinha 19 anos, mas, sim, quando eu tinha 18 anos.

Então eu precisaria voltar um pouco mais no tempo. Teria que ser antes do verão dos meus 18 anos.

Mordi os lábios e calculei o tempo. Se minha mãe já tinha desmaiado na época, então a doença devia estar avançando. Não adiantaria nada voltar para a época dos exames depois que os sintomas apareceram. Então, para qual momento eu deveria voltar? E o que exatamente deveria fazer?

A doença dela devia ter piorado depressa por causa do estresse e da fadiga acumulados quando meu pai adoeceu. Então, devia ser um pouco antes disso. Talvez na primavera dos meus 18 anos...

No instante em que cheguei a essa conclusão, meu corpo se moveu por conta própria. Enfim eu havia descoberto o que precisava fazer. Quando voltei a mim, comecei a ouvir o toca-discos, cujo som eu não tinha percebido até então. Corri em busca do livro de que precisava, sem saber onde ele estava, como se a rápida melodia do piano estivesse no meu encalço. Precisava voltar a fevereiro de 2007, pouco antes do início do semestre letivo.

Fazia tempo que eu não corria daquele jeito, até perder o fôlego. Por algum motivo, meu peito havia se enchido de expectativa. Se o que a mulher tinha dito fosse verdade, se ela não fosse apenas uma vigarista que estava se aproveitando do desespero alheio com seu olhar misterioso e a voz mansa, e eu realmente tivesse como voltar no tempo para o momento que quisesse, eu poderia salvar minha mãe. Poderia vê-la saudável outra vez.

Corri ao longo das estantes atulhadas de livros como se fosse um cavalo de corrida galopando em linha reta. Em certo momento, parei sem me dar conta. Virei para a esquerda e, ao longe, vi a pintura de uma paisagem repleta de flores de primavera pendurada na parede. Entrei no corredor formado pelas estantes e protegido pelos livros de ambos os lados. A lembrança que eu procurava estava bem ali, diante do campo de flores silvestres amarelas desabrochando. Era uma memória de 2 de fevereiro de 2007.

Por que aquele dia, entre tantos outros?, pensei, enquanto observava o livro em minhas mãos. Eu só havia pensado em um dia de fevereiro de 2007, mas fiquei confusa com a lembrança da data exata que surgira em minha mente, como se me guiasse. Abri o livro depressa; a caligrafia já bastante familiar me envolveu, me puxando para dentro da lembrança daquele dia.

As férias estão acabando. Dizem que o segundo ano do ensino médio é mais difícil que o terceiro. Ah, não quero ir pra escola. Não é como se eu tivesse passado as férias inteiras só me divertindo. Tirando as segundas-feiras e os domingos, passei todos os outros dias no cursinho pré-vestibular. Que desperdício de tempo! Antes de me tornar oficialmente uma estudante em ano de vestibular, eu deveria estar aproveitando ao máximo. Nos meus momentos livres, tudo que posso fazer é me trancar no quarto, me jogar na cama e encarar o teto.

Não era uma lembrança particularmente especial. Mas por que justo esse dia tinha aparecido para mim? Folheei as páginas e retomei a leitura; as palavras estavam escritas com um tom forte de preto, como se estivessem esquecidas havia muito tempo.

Ouço um barulho alto fora do quarto. Minha mãe, que assistia à televisão na sala, de repente resmunga alto, dizendo que se esqueceu da consulta médica que tinha às 15h. Pego o celular ao lado do travesseiro. Já são 19h40. A essa altura, o hospital já deve ter fechado faz tempo, penso. É só ela marcar outra consulta, simples assim. Não é como se fosse a primeira vez que ela se esquece de algo; não é nada de mais.

Já entendi por que essa lembrança veio até mim.

Desde o inverno de 2006, minha mãe vinha reclamando de um zumbido nos ouvidos. Mas ela ficava adiando a ida ao médico, assim como a maioria das pessoas fazia. Por fim, no início de 2007, ela marcou com certa relutância uma consulta com um otorrinolaringologista no hospital do bairro. Na época, eu não conseguia entender minha mãe; se estava sentindo dor, por que simplesmente não ia ao médico? Mas qualquer reflexão parava por aí. Eu sequer pensava em pegar sua mão e arrastá-la até o médico. Era provável que eu nem quisesse fazer isso, com a desculpa de que teria um dia corrido no cursinho. Antes de ela adoecer, além de não ser carinhosa, eu também era uma filha calada, indiferente e idiota, que só ficava dentro do quarto com a porta bem fechada.

— Certo, vou voltar para esse momento.

A decisão estava tomada. Minha mãe tinha se esquecido daquela consulta, então eu só precisava lembrar a ela. Se voltasse àquele momento, abrisse a porta, pegasse a mão dela e a levasse ao hospital, tudo ficaria bem. Era como tirar um peso do peito, como se finalmente tivesse resolvido um problema que pensava ser insolúvel. Segurei o livro contra o peito e voltei à sala de leitura. Eu sentia que tinha passado um longo tempo correndo pelas lembranças enquanto procurava o momento ao qual gostaria de retornar. Mas levei apenas alguns instantes para chegar à sala. Coloquei o livro sobre a mesa e recobrei o fôlego.

— Parece que, enfim, você encontrou sua primeira lembrança. Está com sede, não é? Beba um pouco de água — disse a mulher, que havia chegado antes de mim.

Como se já esperasse por aquilo, ela havia colocado um copo de água próximo de onde eu havia me sentado. Enquanto isso, ela habilmente devolvia à capa o disco que tinha terminado de tocar.

— Há um relógio de pulso dentro da caixa ao lado do marcador de página. Ele mostrará a hora exata à qual você deve retornar. Já está familiarizada com o manual da livraria, certo? Você só poderá ficar por três horas no passado. Ao encontrar a lembrança que procura...

Ela falava comigo enquanto escolhia outro disco, mantendo-se a distância. Seu tom era calmo, como se estivesse decidindo o que almoçar. Bebi a água ainda sentada, e a interrompi.

— Coloque o marcador entre as páginas do livro e o entregue à gerente.

A respiração ainda ofegante transparecia em minha voz. A mulher, deixando de lado sua atitude indiferente, me fitou e assentiu satisfeita. No entanto, suas pupilas ainda estavam cheias de nuvens carregadas.

Primeira viagem

— Tudo o que você precisa fazer é girar a coroa do lado direito do relógio para coincidir com o horário desejado. Certifique-se de distinguir corretamente entre manhã e tarde. Quando estiver tudo pronto, me dê um sinal, e, assim que eu abrir a porta e você cruzar o limiar, o tempo voltará ao passado.

Eu já havia escolhido o momento, e estava certa daquilo. Coloquei o marcador de páginas no livro, deixando a parte de couro um pouquinho para fora, e abri a caixa que a mulher havia me entregado para verificar o relógio dentro dela. Era um modelo analógico que continha um aro prateado e uma pulseira de couro da mesma cor do marcador. O mostrador branco exibia números arábicos para as horas, e havia uma janelinha logo abaixo dos ponteiros que mostrava as abreviações do latim AM e PM. Aquele relógio não me era estranho. Eu já o tinha visto antes, mas onde? Busquei a informação em minha memória, até que por fim me dei conta.

Ei! Alguém me ajuda, por favor!

O homem que vi na sala de espera do hospital. O relógio estava em seu pulso!

Tem alguém morrendo!!!

O homem, que rugia num desespero impossível de ser colocado em palavras, estava no mesmo lugar que eu, mas parecia existir em outra realidade. O relógio era o mesmo que ele ficava conferindo sem parar.

Será que ele também...?!

Lancei um olhar questionador à mulher, que apenas sorriu de leve, arqueando as sobrancelhas, e não disse uma única palavra.

Acalmei meu coração acelerado e coloquei o relógio no pulso. O objeto se fixou à minha pele como se feito sob medida, e os ponteiros deslizaram até a mesma posição. Pensei que ficaria um pouco desajeitado ou pesado, mas não foi o caso. Agitei o braço, tentando sacudir o relógio, mas ele permaneceu no lugar. Admirada e incrédula, eu não conseguia tirar os olhos daquele objeto, que marcava meia-noite. Foi quando ouvi os passos da mulher às minhas costas. Emergi dos meus devaneios e me levantei. Peguei o livro com o marcador e fui até a porta onde a gerente estava. A mulher pegou o livro das minhas mãos e me ensinou a usar o relógio. Conferi a data da minha lembrança.

2 de fevereiro de 2007.

Comecei a ajustar o horário, girando os ponteiros até que AM se transformasse em PM. Até que o ponteiro menor apontasse para o número 2, e o maior para o número 6, marcando exatamente 14h30.

Ta-ack.

Assim que pressionei a coroa de volta, ouvi as engrenagens do relógio se encaixarem. Voltei minha atenção para a mulher, que me aguardava. Como se meu olhar inexpressivo fosse um sinal, ela girou a maçaneta comprida e reta da porta e falou num tom surpreendentemente gentil:

— Pronta? Faça uma boa viagem.

No instante em que a mulher abriu a porta e eu a atravessei, me percebi envolta por águas tão tranquilas que nem mesmo as ondas ousavam se mover. Como em um sonho, meus olhos se fecharam sozinhos. Meu corpo inteiro foi envolto pelo tempo, que girava no sentido contrário. E então, como num passe de mágica, o som do vento e da água ecoou nos meus ouvidos como se eu estivesse mergulhando. A temperatura era morna, semelhante ao calor do meu corpo, e meu nervosismo se dissolveu feito tinta se espalhando na água. Assim, pouco a pouco, fui sendo absorvida pelo tempo que passava lentamente.

Escuridão.

Tudo ao meu redor era escuro, minhas pálpebras cerradas. Mexi devagarinho os dedos antes de abrir os olhos. Ah. Eu podia me mover. À medida que mexia cada dedo, senti a maciez sob minha palma. Com o coração acelerado, abri os olhos com cautela. O mundo, antes tomado pelo breu, iluminou-se num branco ofuscante, e minha visão embaçada entrou em foco. Ah, eu finalmente conseguia enxergar. Enfim sabia onde havia ancorado. O teto alto a distância. O piano perolado coberto de poeira, abandonado. A imponente estante de livros, ladeada pela escrivaninha. A cadeira de madeira de carvalho. O aparelho de som quadrado que preenchia todas as minhas noites com sua luz azul. Era o meu quarto, que pensei que nunca mais veria.

Levantei-me da cama e fiquei de pé. O movimento súbito fez minha cabeça girar, então sentei na beira do colchão e olhei ao redor. Cada canto daquele lugar me era familiar. Era mesmo o meu quarto. Até o ar que eu respirava me trazia uma sensação nostálgica.

Meu coração batia descontrolado. Quando enfim consegui levantar, parei em frente ao espelho cheio de marcas de dedos e comecei a chorar ao ver meu reflexo. Ali, diante de mim, estava uma versão minha que não sabia de nada. Alguém que transbordava uma alegria inocente, pura e despreocupada. Uma tola que não tinha a menor ideia do que o futuro lhe reservava. Tudo o que a gerente da livraria havia me dito era verdade; eu estava ali, naquele momento, como meu eu de 18 anos, de dezesseis anos antes.

Sequei as lágrimas com o dorso da mão e parei diante da porta fechada. Se eu abrisse aquela porta... se girasse a maçaneta e desse um passo para fora... A minha mãe... Perdi o fôlego ao pensar em ver minha mãe após metade de uma vida marcada pela culpa e pelo arrependimento. Segurei a maçaneta da porta, a mão mais gelada a cada segundo que passava. Na verdade, eu a estava apertando. Meu aperto desesperado causou uma dor intensa em todas as articulações dos meus dedos. Controlei a respiração. Inspirei fundo e soltei devagar, sentindo a dormência aos poucos se dissipar da ponta dos dedos. Enfim, como se tomasse a decisão mais importante da minha vida, reuni toda a força que tinha e empurrei a porta para abri-la.

— Ah.

Por mais que piscasse repetidas vezes, por mais que me forçasse a dar mais um passo hesitante para fora do quarto, aquele sonho não acabava. Aquilo era real. Eu realmente tinha voltado ao passado. A porta do quarto dos meus pais, bem diante de mim, a espaçosa sala de estar que me dava boas-vindas onde quer que meu olhar alcançasse, a cozinha que era exatamente como eu me lembrava; tudo estava ali, como costumava ser, muito real.

— Mã... M-Mãe!

Chamei por ela, meio desajeitada, como uma criança aprendendo a falar. Meu coração disparou só de dizer aquilo. Era uma palavra que eu já tinha dito diversas vezes, ainda mais ao conversar com pessoas que haviam conhecido minha mãe. Porém, mencioná-la dentro de uma frase qualquer e chamá-la em voz alta eram coisas muito diferentes. O peso era outro. Virei-me em direção à sala vazia e chamei-a mais uma vez.

— Mãe! Mãe? Onde você está, mãe?!

Que estranho. Eu tinha certeza de que havia viajado no tempo e no espaço, mas não sentia a presença de ninguém. O ponteiro maior do meu relógio avançava sem parar, registrando o passar do tempo. Três minutos das três horas a mim concedidas já haviam se esvaído.

E, ainda assim, não havia ninguém ali. Eu sabia que estava no lugar certo, então por quê...?

— MÃE?!?!

Atravessei a sala depressa e abri a porta do banheiro. Vazio. Virei-me e fitei mais uma vez o cômodo minúsculo que meu irmão usava como quarto, mas nada dela lá também. Será que tinha saído? Teria eu deixado passar algum detalhe ou não lido alguma página?

Corri até outra porta e escancarei-a. Ela rangeu ao se abrir, um som familiar. Fui recepcionada pelo cheiro de poeira, três bicicletas alinhadas e todo tipo de tranqueira. Eu tinha me esquecido daquilo tudo depois de tantos anos, e era impossível saber onde minha mãe estava apenas pelos sapatos deixados na soleira da porta. Desabei no chão, levando as mãos à cabeça. Será que, ao perdermos uma pessoa, não era possível encontrá-la novamente? Então por que diabos eu estava...?

— Ai, Ji-won Kim, você me cansa. Pare de me chamar.

Naquele instante, senti atrás de mim a presença pela qual, todas as noites, eu ansiava em silêncio. Não. Não era uma mera presença. Era um milagre ela estar ali, falando comigo. Minhas pernas fraquejaram, e meu corpo, até então agachado, tombou para o lado. As lágrimas embaçaram minha visão, e então ouvi aquela voz me provocando:

— Ora, ora, mas o que é isso? O que está fazendo aí?

Estremeci e verguei o corpo ao ouvir aquela voz. Cobri o rosto com os braços e o pressionei contra o piso duro. Era a voz que não pude ouvir durante todo aquele tempo, desde que a radiação tinha danificado as suas cordas vocais. Aquela que foi sumindo à medida que sua língua endurecia, tornando difícil não apenas falar, mas também engolir alimentos. A voz que, com o tempo, se tornou apenas palavras em mensagens de texto ou rabiscos no papel. E aquela voz estava chamando meu nome.

— O que foi? — perguntou ela, risonha.

Antes mesmo de erguer a cabeça para vê-la, eu já estava chorando. Minhas lágrimas pingavam sobre o piso, deixando pequenas marcas, mas eu não podia erguer o rosto ainda. Lembrei-me do que a mulher tinha dito:

Se tiver uma atitude fora do comum, que não teria tido naquela época, perderá muito tempo explicando o motivo para a outra pessoa. Lembre-se de que você só tem três horas e de que o tempo não irá esperar por você, senhorita Ji-won.

Eu não ia chorar. Eu nunca chorava na frente dos outros, nem mesmo dos meus pais, e, se chorasse, não teria como explicar para minha mãe. Esfreguei o rosto com a manga da blusa, limpando as lágrimas e com o nariz escorrendo, e fiz uma promessa a mim mesma. Por mais difícil que fosse, eu precisava tentar agir naturalmente diante da minha mãe.

— Mãe... onde você estava?

Ergui a cabeça e me levantei. Virei-me o mais devagar possível, tentando esconder meu rosto vermelho; o sangue ainda estava concentrado ali depois de tanto tempo pressionado contra o chão. Contudo, por sorte, minha mãe estava se olhando no espelho da sapateira e parecia nem reparar. Vê-la saudável fez minha garganta se apertar, e um som rouco escapou de mim enquanto eu me forçava a engolir o choro.

— No banheiro do meu quarto. Já faz três dias que estou com prisão de ventre, acho que vou ter que tomar remédio.

O cabelo dela não devia ser tingido havia algum tempo, e, conforme ela o arrumava, dava para ver alguns fios brancos espalhados na parte de trás da cabeça. Lembrei-me de como ela costumava reclamar que havia herdado os cabelos brancos precoces da vovó, e que não sabia por que tinha puxado apenas os aspectos ruins. Mal consegui segurar o riso. Eu tinha passado muito tempo vivendo um inferno, em que cada dia era uma luta entre a vida e a morte; mas, naquele momento, a maior preocupação da minha mãe era uma constipação que durava três dias e alguns fios brancos que estavam começando a aparecer. Um som indistinto escapou dos meus lábios; eu não sabia se ria ou se chorava. Talvez eu tivesse feito os dois ao mesmo tempo, e, no fim das contas, me pareceu o mais adequado.

Incapaz de encará-la, contornei minha mãe e a abracei pela cintura. Ela era oito centímetros mais baixa do que eu, e minha testa descansou com folga em seu ombro diminuto. Ouvi o tique-taque dos ponteiros de um relógio. Eu podia fazer aquilo. Podia salvá-la. Poderíamos ter aquilo de volta. Gravei essa promessa no meu coração, e apertei ainda mais os braços ao redor dela.

— Mãe, vamos ao médico — falei.

A SALA DE ESPERA DO CONSULTÓRIO ESTAVA CHEIA. O prédio inteiro era um centro médico, mas, por alguma razão, o setor de otorrinolaringologia sempre parecia o mais movimentado. Tinha sido o diretor do hospital quem havia diagnosticado o câncer da minha mãe e detectado sua recidiva.

Enquanto observava a quantidade de nomes na tela de avisos diminuir, minhas pernas tremiam sem que eu percebesse. Minha mãe, sentada ao meu lado, bateu de leve na minha coxa, repreendendo-me em voz baixa:

— Pare de balançar as pernas, está me distraindo... Aliás, como você sabia que eu tinha consulta hoje? Eu havia esquecido totalmente.

— Hã? Ah, você me falou. E pediu para eu te lembrar, caso esquecesse.

— Ah, é? Nossa, estou esquecendo tudo mesmo! Se eu puxar à sua avó e acabar tendo demência quando ficar mais velha...

— Ai, mãe! Não fala uma coisa dessas!

— Ai, que susto! Pra que gritar assim do nada? Está todo mundo olhando. Só estou dizendo que estou preocupada. Histórico familiar é um negócio sério.

— As palavras têm poder. Nem brinque com isso.

Meu tom de voz cortante soou como vidro estilhaçado. Minha mãe bateu de leve nas minhas costas e olhou ao redor, desconfiada, e eu, constrangida com o súbito peso dos olhares sobre nós, evitei seu olhar. Ela me encarou, intrigada com minha reação exagerada por causa de uma conversa que normalmente seria leve, mas evitei contato visual.

Meu coração parecia prestes a explodir. Enquanto enfrentávamos o vento gelado do inverno a caminho do hospital que ficava perto de casa, eu tentei, sempre que possível, vislumbrar o rosto da minha mãe. Retraí as mãos dentro dos bolsos do casaco acolchoado, querendo segurar a mão dela de alguma forma. Eu não sabia por que sempre me afastava dela, com a desculpa de que estava com vergonha, nem por que vivia trancada no quarto sendo a filha indiferente e irritadiça. Se ao menos eu tivesse sido mais legal, se tivesse sido mais carinhosa, talvez, naquele momento, não teria sido tão difícil apenas segurar a mão dela.

Foi só depois da hemiplegia que passei a andar de braços dados com minha mãe, a segurar sua mão e a ajudá-la no banho. Mas nenhuma daquelas coisas tinha sido por escolha minha, mas, sim, por necessidade. Eu era como uma bengala de que minha mãe precisava para se segurar e andar, pois não conseguia nem tomar banho sozinha.

Desviei o olhar da entrada e observei seu perfil. Seu cabelo curto estava penteado para trás das orelhas, seu rosto delicadamente esculpido em formato oval era bonito, e sua impecável noção de moda sempre a deixava mais elegante do que as outras mães. Examinei com calma os olhos dela, os quais eu não tinha herdado, e passei para seu nariz, que eu tinha puxado. E, por fim, os lábios. Até que meu olhar se fixou no dorso de suas mãos, que repousavam serenas sobre o colo. A pele clara fazia suas veias se sobressaírem. Suas mãos pareciam muito mais firmes do que da última vez que eu as tinha visto; essas eram mãos de quem não sabia o que era sofrer. Abaixo delas, tive um vislumbre dos seus tênis despontando, os cadarços bem amarrados...

Cadarços...

Uma sensação estranha tomou conta de mim. Minha mãe passou a usar apenas sapatos sem cadarço depois da hemiplegia, pois seus pezinhos tamanho 35 não cabiam bem nem em sapatos de adulto nem de criança. Por isso, ela acabava sempre usando o mesmo tipo de sapato, que havia encontrado após muito procurar. Portanto, talvez por isso sua aparência de tênis com cadarços e um casaco acolchoado cinza, quente e aconchegante, em vez de uma roupa hospitalar, me parecesse tão familiar mas, ao mesmo tempo, um tanto estranha.

Hesitei por um momento antes de estender a mão para tocar o dorso da mão dela. Ainda conseguia ouvir sua voz brincalhona ecoando na minha mente, dizendo que eu deveria agradecer por ter herdado sua pele. Sim, era verdade, eu realmente tinha a pele igualzinha à dela, pálida como uma luz fluorescente no meio da noite. Minha pele era macia como a dela, e meus braços também não tinham um pelo sequer.

Um milhão de pensamentos me atingiu em questão de segundos. E, naquele curto espaço de tempo, duas mãos tão parecidas se sobrepuseram como se fossem uma só.

— Mãe, minhas mãos não estão um pouco geladas? Estou com frio. Acho que o aquecedor não está funcionando direito.

Aquelas palavras soaram desajeitadas e um tanto forçadas, ditas com pressa, como se eu tivesse medo de que minha mãe perguntasse por que eu estava segurando a mão dela. Em vez de questionar, ela só envolveu minhas mãos com as dela sobre seu colo.

— Tá vendo? É por isso que eu vivo dizendo para você parar de ficar comendo comida fria. Mas você não me ouve e fica comendo coisa gelada o tempo todo.

Havia carinho na voz que me repreendia. E havia uma ternura insuportavelmente cálida nas mãos que esfregavam as minhas, tentando aquecê-las. Tinha sido tão simples e tão fácil tocar aquelas mãos amorosas... Por que eu não havia percebido isso antes? Por que não sabia disso na época? Por que fui tão boba de acreditar que nosso tempo juntas jamais chegaria ao fim?

Meu nariz voltou a arder. Pigarreei para espantar a vontade de chorar, e senti o olhar preocupado da minha mãe em minha nuca.

— O que foi? Está tudo bem? — perguntou ela.

Assenti com exagero.

— Senhora Yeon-hee Lee, por favor, se dirigir ao consultório.

Fiquei feliz por não haver mais atraso. Como sempre acontecia em hospitais, o atendimento demorou além do previsto, e o relógio já marcava 15h25. Sequei o rosto molhado ao ouvir o nome da minha mãe e, dizendo que estava tudo bem, eu a chamei para entrar no consultório.

— Você vai entrar também?

— Vou. Não pode?

Quando me virei para segui-la, deixando para trás a cadeira afundada pelo longo tempo de espera, minha mãe arregalou os olhos e disse:

— Não é que não possa, mas... Por que isso, do nada?

Fazia sentido, pois, antigamente, eu ficaria sentada na sala de espera jogando no celular. Mas, dessa vez, era diferente.

— É que... Só pra não ficar entediada aqui fora.

— Ah, é? Então vamos.

Assim que atravessei a porta do consultório, aberta à nossa frente, rezei com todas as forças que ainda me restavam. Mesmo depois de prometer a mim mesma que nunca mais faria isso. Por favor, que eu tivesse feito a escolha certa. Que a doença da minha mãe fosse descoberta ali, naquele momento.

A vida era cheia de contradições. Para salvar a minha mãe da morte, eu precisava que a doença dela se agravasse... Onde mais se encontraria tamanha ironia? Passei a língua pelos lábios ressecados. O ar seco do inverno, somado à tensão, fazia com que minha boca parecesse prestes a rachar.

— Senhora Yeon-hee Lee, o que a traz aqui? — perguntou o médico, fitando minha mãe sentada na cadeira do consultório.

Ela começou a descrever seus sintomas. Desse momento em diante, eu não consegui ouvir mais nada, apenas minhas preces silenciosas ecoando dentro de mim e os batimentos cardíacos que ressoavam em meus tímpanos feito um enorme tambor.

— Doutor, já faz um tempo que tem uma água saindo dos meus ouvidos, e eu estou ouvindo um zumbido.

Minha mãe tinha problemas no nariz e nos ouvidos desde pequena. Por isso, odiava entrar na água, mas, quando meu irmão e eu estávamos aprendendo esqui aquático, na época dos primeiros anos do ensino fundamental, ela aprendeu a nadar e passou a se juntar a nós no rio. Contudo, sempre havia uma secreção amarela saindo de suas narinas e orelhas. Eu deveria tê-la impedido na época. Mas, em vez disso, a família toda tinha se unido para convencê-la a tentar. Dizíamos que apenas parecia assustador no começo, que era só insistir e logo ela pegaria o jeito. Por que tínhamos feito aquilo?

Cerrei os dentes ao ver a expressão de dor da minha mãe, que era analisada com instrumentos médicos. Consolei-me pensando que tudo seria corrigido, caso a doença fosse descoberta ali.

— Hum...

O mundo voltou a ficar barulhento, como se meus ouvidos estivessem desentupindo após um longo voo. As vozes das crianças brincando na sala de espera. O som do aparelho respiratório no consultório ao lado. O tilintar dos instrumentos médicos de metal sendo colocados sobre a mesa. Os murmúrios indecifráveis do médico. Eu ouvia até os cliques apressados do mouse e o som veloz da digitação no teclado.

O tempo se arrastava. Palavras incompreensíveis apareceram uma após a outra na tela do monitor. Para alguém sem conhecimento médico, não passavam de um monte de letras soltas. Fitei as costas do jaleco branco do médico, distraída, e balancei a cabeça. E se não houvesse qualquer sinal de anormalidade? Precisava de pelo menos um encaminhamento para marcar uma consulta num hospital especializado. Mas como eu justificaria a necessidade de uma consulta em um hospital maior, se o médico não encontrasse nada suspeito? Encarei o relógio com nervosismo. Já eram 15h45. Eu tinha menos de duas horas ali.

— Senhora Yeon-hee Lee... — Por fim, o médico chamou o nome da minha mãe. Eu sabia muito bem o que aquele tom de voz significava. — Seria uma boa ideia fazer um check-up em um hospital maior.

— Por quê? Tem algo errado?

— Há um nódulo em sua nasofaringe que parece um tumor, mas não temos como saber com certeza até fazermos uma biópsia. Vou encaminhar a senhora. Esse exame deve ser feito o mais rápido possível.

O tom de sua voz era gentil, cuidadosamente escolhido, e muito mais atencioso que o dos outros médicos que eu já tinha ouvido. Porém, senti um frio na espinha ao saber que, após dezesseis anos, o câncer da minha mãe ainda estava crescendo dentro dela. Havia pouco, eu torcia para que encontrassem algo errado. Com o pedido de exame feito, achei que ficaria aliviada... Mas eu ainda me sentia no inferno.

Após pegarmos a guia de encaminhamento médico, minha mãe e eu não trocamos uma palavra sequer no caminho de volta. Em circunstâncias normais, eu teria perguntado coisas como "Quando você vai marcar a consulta?", "Um hospital maior é tipo um hospital universitário?", "Por que precisa de biópsia?", mas eu, aos 34 anos, no corpo de alguém de 18, já entendia perfeitamente o que o médico tinha dito.

Quando atravessamos a passarela, minha mãe se afastou de mim. Mas, como alguém que já tinha vivido tudo o que viria a seguir, era estranho andar longe dela. Eu estava mais acostumada a servir de apoio para o seu corpo, a olhá-la em vez de ouvi-la falar e a distraí-la com histórias engraçadas, uma atrás da outra. Observei seu perfil silencioso e contemplativo enquanto tentava pensar em algo para confortá-la, mas meus lábios apenas se moviam no vazio, como os de um peixinho dourado em um aquário.

No que será que ela estava pensando? Eu não sabia como ela havia descoberto a doença antes ou quais palavras o médico tinha usado para lhe anunciar aquela sentença de morte dentro do consultório gélido. Só tomei ciência do diagnóstico porque meu pai tinha me contado, dizendo que, depois de um exame no hospital local, ela havia sido encaminhada para um maior e então descobriu o que tinha. Como pude ser tão indiferente? Por que não questionei nada?

Tudo parecia ser culpa minha. Se ao menos eu tivesse sido uma filha melhor. Se tivesse sido mais atenta e cuidadosa com ela, talvez...

Sacudi a cabeça, tentando afastar os pensamentos que se emaranhavam. Dominada pela culpa, lembrei a mim mesma de que eu não tinha ido até ali para remoer meus arrependimentos. Naquele momento, as palavras da mulher me vieram à mente. *A memória é como uma bola de neve [...]. Quanto mais você a empurra, maior se torna; e quanto maior fica, mais difícil é lidar com ela. O mesmo ocorre com a culpa.* Afastei os pensamentos destrutivos e me concentrei em fazer aquilo que estava ao meu alcance, o que eu precisava fazer.

— Quando chegar em casa, vou procurar o telefone do hospital na internet.

— Você?

— Aham.

— Você sabe o que é um hospital maior?

— Quer dizer um hospital especializado, né? Eu sei o que é.

— Como você sabe?

— Está tudo nas séries médicas. E, hoje em dia, não tem nada que a gente não consiga encontrar na internet. Mas, mãe, hoje está muito frio. Devíamos ter vindo de carro. O que vamos jantar hoje?

O tempo não parava, fluindo sem cessar. Já eram 16h15. Hospitais eram lugares estranhos que sugavam o tempo e a energia das pessoas. Eu tinha somente uma hora e quinze minutos restantes. Agarrei-me à minha mãe, mantendo a voz em um tom alegre para evitar que ela se perdesse em pensamentos tão profundos quanto os meus. Apenas diminuir a distância entre nós já foi suficiente para que eu me sentisse mais aquecida.

Será que não poderíamos simplesmente continuar daquele jeito? Me senti impotente ao olhar para os ponteiros do relógio, que não paravam de avançar, e perceber que só o que podia fazer era marcar uma consulta. Sempre soube que o melhor a se fazer era levá-la ao médico sem protelar para que a doença pudesse ser detectada no estágio inicial. Mas imaginá-la ouvindo o diagnóstico assustador de câncer sozinha no consultório de um hospital enorme, onde todos eram tão sérios, quase me fez perder a cabeça. Mentalmente, adicionei mais uma tarefa à minha lista de coisas a fazer: ligar para meu pai para pedir que ele acompanhasse minha mãe ao hospital, assim como ela havia feito com ele.

— Mãe... — chamei-a enquanto observava o número do andar mudar no mostrador do elevador, lamentando por termos perdido o elevador por poucos segundos.

— O quê?

Minha mãe fingia estar tranquila, mas o som de papel sendo amassado dentro do bolso de seu casaco dizia o contrário. Fiquei ao seu lado e enfiei a mão dentro de seu bolso; senti sua mão fechada em punho, apertando com força a guia de encaminhamento médico. Assim como havia feito no hospital, usei o frio como desculpa e segurei sua mão.

— Está tudo bem. Não vai dar em nada, não se preocupe. Vai ficar tudo bem.

Agendei uma consulta para a data mais próxima possível, peguei meu celular flip, que me parecia tão pouco familiar, e me preparei para ligar para meu pai. Mas hesitei.

Será que era assim que ele tinha se sentido naquela noite de outono especialmente escura, quando me contou sobre a doença da minha mãe? Pesei os dedos sobre o botão de chamada, nervosa pelo fato de ter que ligar para falar sobre a doença da minha mãe. Lógico, nada estava confirmado ainda, mas, ainda assim... Como eu começaria aquela conversa? Com nossos papéis invertidos, como eu faria para dar aquela notícia para meu pai?

Comecei a brincar com o aparelho de som. Eu o adorava, sobretudo pelo jeito como seus botões se acendiam com uma luz azul ao ligá-lo. Pensando bem, o carro estava banhado por essa mesma luz na noite em que meu pai havia me contado sobre a doença da minha mãe. As luzes tremulavam no painel, distorcidas pela chuva, e meu pai lutava para manter a calma. Na verdade, talvez ele não estivesse nem um pouco bem naquele momento. Talvez tivesse sido apenas a minha covardia que estava me fazendo acreditar naquilo. Ao contrário do que minha lembrança distorcida me fazia crer, eu tinha certeza de que, na verdade, sua expressão não devia estar nem um pouco indiferente ou impassível.

Na época, eu só havia usado a minha idade como escudo para fugir das responsabilidades, jogando todo o peso da situação nos ombros do meu pai. Ser adulto não significava ser sempre inabalável. Na verdade, já mais velha, eu entendia que, justamente por ser adulto, ele devia estar sentindo ainda mais medo.

Era minha vez de ser corajosa. Pressionei o botão de chamada e esperei, ansiosa, pelo toque, mexendo no controle remoto do aparelho de som. O tempo no relógio em meu pulso passava cada vez mais rápido, e os toques da chamada pareciam se prolongar como se o tempo tivesse parado. Meu coração acelerava. Na cozinha, minha mãe preparava o jantar. Ah, se eu tinha voltado ao passado, era lógico que comeria o que minha mãe estava preparando.

Mas eram 16h43, e eu precisaria sair dali às 17h30. Não conseguiria comer a comida dela.

— Alô, pai? Sou eu. Hoje, a mamãe...

Minha mãe nunca usava panela de arroz elétrica, sempre preferia a panela de pressão. O som da tampa da panela de pressão sendo travada atravessou a porta fina do meu quarto. E, ao mesmo tempo, ouvi a voz do meu pai ao celular. Como uma atriz interpretando um papel, comecei a dizer as palavras que já havia repetido mentalmente tantas vezes. Ele ficou em silêncio por um momento. E então, como sempre, disse:

— Deixe que eu cuido disso, Ji-won. Você não precisa se preocupar com nada.

— Está bem, vou confiar em você. Mas, por favor, não se esqueça de ir com ela ao hospital.

Então, eu disse as palavras que, aos meus 34 anos, repetia para ele quase como um mantra:

— Pai, eu não sou mais criança. Se tiver qualquer problema, converse comigo e com o Ji-hoo.

Havia incontáveis dias em que, frustrada pelo meu pai ainda nos tratar como crianças, eu acabava gritando com ele. Brigávamos, trocando palavras que só faziam nos machucar. Porém, lá no fundo, eu continuava sendo apenas a filha que desejava se esconder nas asas do pai. Suas palavras, de que cuidaria de tudo e que eu não deveria me preocupar com nada, me acalmaram.

Desliguei o telefone e, ao sair do quarto, meus olhos se voltaram para a foto de família que havia na sala. Era uma foto tirada na Ilha de Jeju quando eu ainda estava nos primeiros anos do ensino fundamental. Com o tempo, à medida que meu irmão e eu crescemos, comentávamos que aquela foto já estava velha demais e que deveríamos tirar uma nova. Sempre dizíamos que, quando nosso pai voltasse, depois de tanto tempo longe, faríamos aquilo. No entanto, nós nunca cumprimos essa promessa e, no fim, aquela fotografia de 1997 acabou sendo a nossa última foto de família.

— Mãe, o que você está fazendo? — perguntei ao entrar na cozinha e apoiar o queixo no seu ombro.

— Como assim, o que estou fazendo? Estou preparando o jantar, ué.

Com as mãos ocupadas com os preparativos do jantar, ela me respondeu no seu tom habitual e indiferente. Pensando bem, eu havia cavado aquela rispidez toda.

— Por quê? Quer comer alguma coisa específica?

E, também, o coração mole e gentil que ela tinha.

— Não, por mim tanto faz, desde que seja feito por você.

— Você está dizendo umas coisas esquisitas hoje, hein?

— Sabe, mãe...

— Pronto, lá vem. Sempre tem alguma coisa.

— Aquela nossa foto de família não está muito velha?

— Foto de família? O que tem ela?

— Já tem uns dez anos. Nós duas mexemos um pouco no rosto e estamos bem diferentes.

— Jura? Não sei, não, viu? Não acho que mudamos tanto assim.

— Mesmo assim seria legal tirarmos uma nova.

— Ah, está bem. Você e o Ji-hoo já estão no ensino médio, está mesmo na hora de tirarmos uma nova.

Tchi... tchi... tchi... tchi... A válvula da panela de pressão chacoalhava ruidosamente, liberando vapor enquanto um cheiro delicioso de arroz recém-cozido tomava conta do recinto. Abracei a cintura da minha mãe envolta no avental; podia sentir seu cheiro misturado ao aroma do arroz. O mesmo cheiro que havia desaparecido da minha memória sem deixar vestígios.

Quando descobri que os inúmeros livros na Livraria das Memórias continham todas as minhas lembranças, achei que era impossível haver um jeito mais perfeito de preservá-las. Mas eu estava errada; os livros não guardavam cheiros. Eles não capturavam o toque nem o calor do corpo humano. Enterrei o rosto no pescoço da minha mãe e inspirei fundo. Eu não precisava olhar o relógio para saber: estava quase na hora de ir embora.

— Mãe...

— Está entediada? O que foi agora?

Mais uma vez, deixei aquela palavra preencher meus lábios. Mãe. Mãe. Mãe. E me lembrei do que a gerente da livraria havia me dito.

Se tiver uma atitude fora do comum, que não teria tido naquela época, perderá muito tempo explicando o motivo para a outra pessoa. Lembre-se de que você só tem três horas e de que o tempo não irá esperar por você, senhorita Ji-won.

O tempo que me foi dado já estava se esgotando. Por isso, não havia problema algum se eu dissesse algo fora do normal, mesmo que isso significasse desperdiçar longos minutos tentando explicar.

Preferi deixar as explicações para a Ji-won Kim de 18 anos, que ficaria para trás quando eu partisse. Ela não se lembraria das três horas que me emprestou, mas tudo bem. Eu já teria dito o que queria. Então, se minha mãe estranhasse e perguntasse por que eu estava agindo diferente de repente, era a Ji-won Kim de 18 anos quem teria que cuidar disso.

— Mãe...

— Aff, mas o que deu em você hoje, hein?

Finalmente, aparentando estar impaciente, minha mãe se desvencilhou do meu abraço e virou para me encarar. Ao sentir que estava desaparecendo lentamente, falei:

— Eu te amo. Muito, muito mesmo.

Declínio

O CAMINHO DE VOLTA NÃO DEMOROU MUITO. FECHEI OS olhos por um instante e, quando os abri, despertei da ilusão rapidamente como se não passasse de um sonho. De repente, eu estava sentada na sala de leitura repleta de livros.

A ausência do calor na ponta dos meus dedos tornou a realidade ainda mais palpável. Olhei em volta; nada havia mudado, e a mulher, que sempre aparecia quando eu precisava dela, não estava mais ali. Meu coração oco foi preenchido por um silêncio amedrontador. A música do disco, que antes pairava no ar como um ruído branco, havia cessado. Eu estava desnorteada, como se estivesse entorpecida. A imagem do rosto saudável da minha mãe, sua voz que eu tanto ansiava ouvir, seu jeito brincalhão de falar, seu corpo diminuto e cálido ainda estavam nítidos em minha memória. Mas não estavam mais ali para que eu estendesse a mão e tocasse. Eu estava completamente sozinha.

Depois de muito tempo, me perguntei: *O que devo fazer primeiro?* Eu tinha voltado em troca do meu tempo de vida restante. E tinha um motivo evidente para isso — havia algo que eu desejava mudar. Como alguém ao lembrar de repente que deixou a boca do fogão acesa antes de sair, me levantei em um salto e comecei a vasculhar os livros espalhados. Se eu abrisse a lembrança certa, será que conseguiria descobrir se algo havia mudado? Enquanto eu analisava as pilhas de livros freneticamente com as mãos e os olhos, meu cérebro enfim voltou a funcionar.

Era isso. Aquele dia. Não haveria indício melhor do que aquele dia. Peguei o livro desgastado pelo arrependimento e pela culpa; a lombada marcava a data de 28 de fevereiro de 2016 — o dia em que minha mãe tinha falecido, um registro de antes de eu voltar no tempo.

Fitei a capa do livro fechado em silêncio. Ainda estava num estado deplorável, como se alguém o tivesse pisoteado. Mas eu não tinha como ter certeza de que o conteúdo permanecia o mesmo. Voltei no tempo para evitar a morte da minha mãe e deixei a porta aberta naquela época para que um milagre acontecesse. As coisas podiam ter sido diferentes. O futuro, o presente e até o passado podiam ter sido reescritos. Abri o livro com as mãos trêmulas e uma urgência crescente.

Fiquei sem palavras ao abri-lo na metade. Nas páginas avariadas, que pareciam ter sido encharcadas várias vezes e colocadas para secar, havia uma imagem familiar. Era... a silhueta do meu irmão, de costas.

O que estava acontecendo? Nada havia mudado. Estava tudo igual! Uma sensação inquietante tomou conta do meu estômago. Não era para ter mudado? Achei que as coisas podiam ser diferentes! Mas estava exatamente tudo igual, tão real quanto antes. Parecia até mentira.

— Não... Não pode ser, tem alguma coisa muito errada, isso não pode ser real.

Naquele momento, o que me invadiu não foi a decepção, mas, sim, o medo. Por mais que eu murmurasse, como se lançando um feitiço, que aquilo não estava certo e que devia haver algum engano, o livro em minhas mãos não mudou em nada.

Ah, lógico! Essas deviam ser memórias de antes. Devia existir um lugar onde as lembranças do que foi alterado eram armazenadas. Com isso em mente, minhas pernas, antes fracas e vacilantes, por fim encontraram firmeza no chão. Levantei-me e comecei a andar com passos trôpegos, mas decididos. Naquele momento, nem me ocorreu olhar para o meu braço, onde permaneciam tatuados o nome da minha mãe, sua data de nascimento e o dia de sua morte.

Embora não fosse exatamente um labirinto, o lugar se estendia ao infinito. Adentrei cada vez mais a livraria, procurando a mulher, que havia desaparecido tal qual uma miragem, em meio àquele amplo espaço, àquele teto alto impossível de ser alcançado e aos livros amontoados por toda parte. Eu me sentia como um pequeno barco à deriva, levado adiante contra a própria vontade, arrastado por uma força invisível. Eu dava voltas e mais voltas, passando pelos mesmos lugares repetidamente, sem fazer a mínima ideia de onde estava. Um pânico incontrolável começou a me consumir.

Foi só então que, como se estivesse impaciente comigo, a própria livraria me conduziu até a mulher. Cheguei ao que parecia ser um cemitério de livros desorganizado e superlotado, atrás de estantes alinhadas, como se dispostas por alguém obcecado com organização.

— Ah, você voltou? Espere um pouco, já vou sair.

A voz da mulher ecoou entre as pilhas intermináveis de livros, tão numerosas que mal se podia enxergar o caminho à frente. Devagar, passei os olhos pelas estantes de formato peculiar que tomavam as duas paredes e chegavam ao teto abobadado, e pelos livros de tamanho irregular que as enchiam. Aquele espaço parecia uma materialização da confusão que havia em meu coração. E, paradoxalmente, eu me sentia até mais à vontade naquela bagunça do que me sentiria em qualquer lugar organizado. Uma inexplicável sensação de afinidade preencheu meu peito vazio; eu não era a única idiota no mundo nem a única que estava com problemas.

Os livros, de tamanhos e espessuras variados, estavam empilhados como torres. Segui a voz da mulher, que estava fora do meu campo de visão, e abri caminho com cautela entre as colunas de livros. Mais adiante, uma escada em espiral se erguia imponente; sua presença ali não fazia o menor sentido. Engoli o choro que ameaçava sair e esperei que a mulher aparecesse.

— Costumo deixar este espaço como está, sem mexer muito. Mas achei que talvez houvesse algo aqui de que você precisasse, então resolvi organizá-lo um pouco. Porém, como pode ver, há livros demais. Como foi sua primeira viagem? Conseguiu o que queria?

A mulher saiu de trás de uma das pilhas. Sua jaqueta preta parecia cinza, de tanta poeira que a cobria. Meu coração começou a bater descontrolado ao ver o rosto impassível da mulher, como se nada tivesse acontecido.

— Algo... Alguma coisa deu errado.

— O que acha que está errado?

— Aqui... isto. Está igual. Não... não mudou nada.

O que joguei no chão, como se fosse uma coisa qualquer, foi o livro contendo a última lembrança que eu tinha da minha mãe.

— Ah... Então, esta deve ser uma lembrança antes da mudança. O que mudei... quer dizer, as coisas que alterei quando voltei no tempo... estão registradas em outro lugar, né? Só pode ser isso. Este não é o livro da data à qual viajei. O registro daquele dia deve estar em outro lugar, e... as consequências dessas mudanças devem estar junto. Onde está? Onde foi guardado? Me mostre, quero ver a lembrança que mudou. Quero saber o que mudou e como. Ah, se você não conseguir encontrar, me avise, que eu mesma procuro.

As palavras saíram desordenadas da minha boca. Nem eu sabia o que estava dizendo. Mas o olhar inexpressivo da mulher me fitando foi o suficiente para me fazer estremecer.

— Não existe outro registro... Não há nada de errado com esse aí. Sua mãe faleceu nesse dia, senhorita Ji-won.

Por quê? Por que nada mudou? Eu não conseguia entender. Simplesmente não compreendia o que ela estava dizendo.

— Você me disse... que poderia mudar. Que eu poderia mudar o passado e trazer alguém de volta à vida... Era mentira? Eu... Eu fiz exatamente o que você disse. Segui todas as instruções, fiz tudo o que estava ao meu alcance, mas nada... nada mudou? Ah... Aquele passado que você me mostrou... era mesmo real? Eu só queria uma coisa. Só queria trazer minha mãe de volta... viva. E o preço que paguei por acreditar em você, pela esperança que nutri... foi esse?

As lágrimas transbordaram. Senti um aperto de amargura e ressentimento subir pelo peito e parar na garganta como um nó sufocante, me impedindo de respirar. Meu corpo tremia. Eu ainda não tinha confiado por completo na dona daquela livraria bizarra e surreal, mas, ao menos quando voltei no tempo e vi minha mãe viva, tudo havia parecido tão real, que não tive escolha senão crer. E, pela primeira vez em muito tempo, me deixei levar pela esperança; acreditei que um milagre pudesse acontecer. Mas nada aconteceu. Tudo o que ela havia me dito era mentira. Ela só tinha zombado de mim, com sua atitude convincente e boa lábia. Ela não diferia em nada de seitas oportunistas ou de golpistas que se aproveitavam do desespero das pessoas. Ela pegou o pouco de esperança e expectativa que ainda restavam em mim e destruiu tudo. Eu jamais iria perdoá-la.

— Primeiro, vamos botar os pingos no is... Eu nunca disse que era possível mudar o passado. E, certamente, não pedi que o fizesse nem a forcei a nada. Só lhe propus um acordo; foi sua escolha aceitá-lo. Além disso, dentre todas as lembranças, foi você quem escolheu voltar a um momento de arrependimento para tentar mudá-lo.

A mulher deu um passo à frente, limpando a poeira das roupas, e falou no mesmo tom educado de quando nos conhecemos. Não consegui dizer uma só palavra, enquanto ela me olhava nos olhos; todas as perguntas que eu tinha para fazer pouco antes tinham desaparecido como fumaça ao vento. A mulher alisou as mangas da jaqueta, já limpa, e continuou:

— Se serve de consolo, você escolheu o momento perfeito. Se tivesse voltado ainda mais no tempo, a doença não teria sido descoberta e não teria sequer a chance de marcar os exames.

— Então... Por quê? Por que nada mudou? Se eu tomei a decisão certa, por quê...? Você... você já sabia, não sabia? Você sabia que seria assim desde o início. Você sabia e não me contou!!!

Eu havia escolhido o momento perfeito... Eu poderia... Poderia ter evitado a morte da minha mãe. As palavras da mulher se cravaram em mim como lâminas afiadas. Meu peito já dilacerado parecia queimar, como se alguém tivesse jogado sal sobre uma ferida aberta. Gritei com aquela mulher cara de pau, mas, com tantos livros ao redor, minhas palavras foram lançadas ao longe que nem faíscas, se desfazendo em um punhado de cinzas logo em seguida. Como que num ato final, dei as costas para ela, proferindo ofensas, e derrubei uma das torres de livros. Como folhas secas que não conseguiram resistir a uma chuva intensa de inverno, a tempestade de livros caiu sobre mim, arranhando o dorso das minhas mãos e o meu rosto.

Minha visão ficou turva. Minhas emoções me dominaram e corri feito um gato selvagem. Mas a mulher não fez nada para me impedir. Pisoteei os livros espalhados pelo chão e segui em frente, culpando-a. Achei que não conseguiria suportar aquilo se não me ressentisse de alguém. A mulher, no entanto, manteve a postura inabalável ao me responder.

— Há inúmeras possibilidades para o comportamento humano, que eu chamo de variáveis. Assim como você escolheu fazer um acordo comigo, assim como escolheu aquele momento dentre muitos outros, sua mãe apenas fez uma escolha diferente.

Um relâmpago iluminou suas pupilas quando ela me fitou. O clarão momentâneo ofuscou minha visão. Balancei a cabeça e me equilibrei, vacilante; enquanto o piso se elevava e o teto afundava, a voz da mulher soou tão distinta quanto um trovão.

— Os negócios do seu pai começaram a decair muito antes do que você imagina, e, durante esse período, sua mãe fez de tudo para evitar que o apartamento fosse a leilão. Ao mesmo tempo, ela acompanhava as competições esportivas do seu irmão e, lógico, ajudava você a escolher uma carreira, já que estava no segundo ano do ensino médio. O futuro da família dependia de todas essas decisões, e ir ao hospital não era prioridade para ela. O resultado foi determinado assim, pelas escolhas que foram feitas.

Eu não conseguia respirar. Era como se alguém tivesse amarrado uma corda em meu pescoço e me matasse lenta e dolorosamente. Coloquei as mãos na nuca, onde não havia corda nenhuma, tentando me livrar do invisível nó apertado. Ao se fecharem, meus dedos agarraram apenas poeira. No fim, não consegui escapar da prisão causada pela minha própria ilusão.

— E se... e se eu voltasse um dia antes daquele? Só um dia... Se eu conseguisse fazer minha mãe prometer que iria ao médico naquele dia, então... a doença dela poderia ser descoberta a tempo, e o tratamento... Não. Não! Se eu fosse com ela a um hospital maior naquele mesmo dia...

Eu estava à beira de um colapso. Mesmo que os soluços me impedissem de falar, eu precisava forçar as palavras a saírem, cuspindo-as. Àquela altura, meu desespero era tamanho, que eu seria capaz de fazer qualquer coisa, seja lá o que fosse, para salvar a vida da minha mãe. De repente, a mulher, que me observava inexpressiva, disse sem qualquer emoção:

— Está bem, digamos que você esteja certa e que a doença da sua mãe fosse descoberta no início. Isso mudaria tudo o que aconteceu depois?

— O que aconteceu depois?

— Os negócios do seu pai, a carreira esportiva do seu irmão e o fato de que você prestaria o vestibular no ano seguinte... Você não pode mudar tudo o que aconteceu naquela época.

Eu tinha achado que meu desespero finalmente havia acabado. E, por um instante, ousei acreditar que talvez... apenas *talvez*... eu pudesse ser feliz de novo. O que eu havia feito de tão errado? O que eu havia feito de tão...

— E tem mais uma coisa. Algo que você está esquecendo...

Meu olhar desfocado seguiu a voz da mulher. Nas mãos dela, antes vazias, estava o relógio da vida.

— Neste exato momento, você e eu estamos fazendo uma troca do tempo passado pelo tempo futuro. O que lhe foi dado não é infinito. A escolha é sua, mas lembre-se de que essa jornada só pode continuar enquanto você ainda tiver tempo de vida restante.

Por um momento, fiquei sem palavras. Ao ouvir aquele lembrete, meus neurônios se desligaram como se eu fosse uma máquina com defeito. O relógio da vida flutuou no ar, como se a gravidade não o afetasse, e voou até o topo de uma estante alta. A mulher, então, voltou o olhar para mim e enfiou no bolso a mão que antes segurava o relógio. Quando ouvi as palavras seguintes da mulher, comecei a chorar.

— As escolhas da sua mãe pertenciam somente a ela, senhorita Ji-won. Portanto, encontre algo que você pode mudar por meio das próprias escolhas.

Cruel. Brutal. Minha visão, limitada como a de um cavalo de corrida focado apenas na linha de chegada, me levou àquele desfecho. Sentindo-me sem chão, refleti sobre o tempo que passei me preparando para fazer a primeira viagem. Eu realmente achei que era o plano perfeito. Acreditei, com ingenuidade, que aquilo bastaria. Fiz uma escolha por mim mesma, me convencendo de que era pela minha mãe. Rebobinei cada cena em minha mente, cada momento em que me agarrei à certeza de que, se tudo saísse conforme o planejado, eu conseguiria restaurar a sua vida. Mas essa não havia sido a escolha dela. Sua escolha, sua vida, foi sacrificar-se pela família.

Eu me lembrava de assistir, impotente, à minha mãe se deteriorar cada vez mais enquanto vivia separada do meu pai. Certo dia, ela me disse que estava apenas aguentando firme, e que respirar não era o mesmo que viver. Que tudo o que podia fazer era esperar o retorno do meu pai, para que Ji-hoo e eu tivéssemos alguém com quem contar, pois só assim ela conseguiria partir sem preocupações. Que viver num corpo já tão debilitado seria apenas um fardo para nós, e que ela queria, enfim, descansar. Porém, eu podia ouvir o medo em sua voz serena. A verdade era que ela não queria morrer e muito menos nos deixar; ela queria nos ver crescer...

Na noite em que a ouvi dizer aquelas palavras, que soaram quase como uma falsa confissão, enterrei o rosto no edredom no quarto escuro e chorei a noite toda. Nunca gostei muito de chorar; puxei à minha mãe nisso, aliás. Já meu pai, por outro lado, chorava até quando assistia a novelas. Meu irmão, Ji-hoo, era igual ao nosso pai. Mas minha mãe e eu tínhamos essa mania de conter as lágrimas. Chorar na frente dos outros feria nosso orgulho, e, quando estávamos sozinhas, costumávamos dizer que chorar era pior, porque os olhos vermelhos e a ardência no nariz depois só tornavam tudo mais insuportável. Pensando bem, percebi que talvez tivesse sido essa teimosia que permitiu que pequenas feridas crescessem dentro de nós até nos consumir por completo. Sentei-me no chão bagunçado, abaixei a cabeça em silêncio e chorei. Estranhamente, naquele lugar eu não conseguia segurar minhas lágrimas.

O que eu poderia fazer?

Está bem, digamos que você esteja certa e que a doença da sua mãe fosse descoberta no início. Isso mudaria tudo o que aconteceu depois?

Havia coisas que estavam além do meu poder.

As escolhas da sua mãe pertenciam somente a ela.

Minha mãe havia feito suas próprias escolhas, e eu não podia mudá-las. A cada lágrima quente que caía sobre o chão frio, eu arrancava de mim, uma a uma, as palavras da mulher, afiadas feito ponta de flecha.

Assim como você escolheu fazer um acordo comigo, assim como escolheu aquele momento dentre muitos outros, sua mãe apenas fez uma escolha diferente.

Minha mãe escolheu se sacrificar pela família.

Você não pode mudar tudo o que aconteceu naquela época.

Eu não podia mudar as escolhas da minha mãe. Então, no fim... não podia salvá-la.

As palavras da mulher, que eu tinha tentado arrancar da minha mente, giravam ao meu redor sem parar, quase como uma cantiga repetitiva da qual eu não conseguia me livrar, muito menos botar em ordem. Fiquei olhando para o relógio da vida, no alto, fora do meu alcance. A mulher disse que ali dentro estava o restante da minha vida, mas eu ainda não conseguia enxergar nada. Naquele momento, eu era a criatura mais impotente e insignificante do mundo.

— Talvez a desordem ao seu redor a esteja desorientando um pouco, não? Também deve estar difícil se concentrar, não é? Talvez este não seja o melhor lugar para tomar uma decisão importante. Mas, se você respirar fundo e olhar em volta com mais calma, irá perceber que essa desordem pode ser mais útil do que imagina. Afinal, todos esses livros que estão aqui são fragmentos de pensamentos.

A voz da mulher invadiu meus ouvidos enquanto eu lutava contra mim mesma. Olhei para cima, procurando-a. Ela estava no topo da escada em espiral, olhando em minha direção. Foi então que uma estante de livros deslizou suavemente contra a parede diante da escada, como se a voz dela tivesse dado o sinal. Ela começou a pegar livros dali, examinando-os com um olhar curioso, como se estivesse lendo algo muito interessante.

— Será que é pelo fato de você ser escritora? Você tem várias ideias interessantes e ótimos materiais para histórias. Mas por que nunca escreveu sobre elas? Uma história de um assassino com transtorno dissociativo de identidade; dois amigos com tendências psicopatas; uma escritora numa época em que as mulheres não eram bem-vistas no mundo literário...

A mulher falava com a mesma expressão despreocupada de sempre, descendo os degraus da escada em espiral com passos largos e confiantes, sem hesitar. Fiquei apenas observando em silêncio os livros finos que ela dispôs diante de mim.

— Para facilitar seu entendimento: é aqui onde são armazenados os fragmentos de pensamentos descartados.

— Fragmentos de pensamentos descartados...?

— Todos já passaram por isso na vida, certo? Aquele momento em que estão prestes a fazer algo que simplesmente lhes escapa, deixando-os confusos e pensando: *Hã? O que eu ia fazer mesmo?* Ou, então, quando uma ideia brilhante surge, mas balançam a cabeça dizendo: "Ah, não era isso o que eu queria." O que mais...? Ah, e, lógico, todas aquelas escolhas que nunca foram feitas em meio à encruzilhada de tantas alternativas. É nesse lugar que todas essas coisas vêm parar, e você costuma ter muitos desses pensamentos.

Enquanto ela falava, os livros que estavam espalhados por todo canto se empilharam para formar um novo caminho. Ao som de sua voz, as estantes que se projetavam recuaram, e a escada, que havia se aberto à direita, deu meia-volta para a esquerda. A mulher continuou seu trabalho em silêncio, como se aqueles objetos lhe fossem familiares. Então, parecendo ter se lembrado de alguma coisa de repente, ela se virou na minha direção.

— Ah! Deixe eu me corrigir. Você não é alguém que descarta muitos pensamentos, mas, sim, alguém que pensa demais. Algumas pessoas são assim. É por isso que esta livraria parece tão vasta para você, pois você tem muitas lembranças para armazenar.

Remexi na pilha de livretos sem entender qual era a intenção da mulher, que já avançava. Assim como ela havia falado, aquelas ideias fugazes que passaram pela minha mente havia tanto tempo certamente ainda existiam, como se rabiscadas.

— Esses pensamentos passam rápido demais, portanto, não são registrados em uma caligrafia bem-feita como seriam se digitados. Ainda bem que sua letra não é ilegível, porque às vezes decifrar esses registros parece mais um trabalho de criptografia.

A mulher mantinha a compostura apesar da confusão de pouco antes. Ou melhor, apesar da minha explosão. Ela havia apenas mantido a boca fechada como se meditasse em silêncio, e, sem demonstrar qualquer sinal de ressentimento, continuava a sua explicação num tom de voz calmo, como se tudo saísse conforme o planejado. Larguei os livros de qualquer jeito e me levantei abruptamente, desprezando sua consideração.

— E de que adianta tudo isso? — questionei.

A mulher parou o que estava fazendo e, para minha surpresa, sorriu como se estivesse feliz por minha pergunta ter quebrado o longo silêncio.

— Nem todas as lembranças descartadas deveriam ter tido esse destino. É verdade que elas foram deixadas para trás de propósito, mas talvez haja momentos aqui aos quais você realmente gostaria de voltar. Como tesouros escondidos... Não se esqueça, senhorita Ji-won: você ainda tem duas chances.

Aquelas palavras não eram a resposta que eu desejava. Em vez disso, eram enigmas que apenas acrescentavam peso à confusão que estava enchendo minha cabeça. Esfreguei a testa para espantar a tontura que havia se instalado mais uma vez. Fechei os olhos por um segundo e, quando os abri, a mulher já havia desaparecido entre as pilhas de livros.

— Argh... O que espera que eu faça?

Deixei escapar um suspiro pesado e desabei ali mesmo, sem forças para continuar. Como sempre acontecia quando me via encurralada, minha respiração começou a acelerar. Uma infelicidade imensa tomou conta de mim, e me vi encarando o teto alto em meio àquele cemitério de livros.

As escolhas da sua mãe pertenciam somente a ela, senhorita Ji-won. Portanto, encontre algo que você pode mudar por meio das próprias escolhas.

A mulher havia sido categórica ao me dizer aquilo. Mas que escolha eu poderia fazer, quando estava evidente que, independentemente do que fizesse, eu não poderia trazer minha mãe de volta?

Respirar estava se tornando cada vez mais difícil; eu só queria desistir de tudo. Como as coisas haviam chegado àquele ponto? Por que a Livraria das Memórias tinha aparecido para mim? Por que aquela mulher havia me proposto um acordo que me levaria de volta à estaca zero? Eu não conseguia entender. Só queria voltar para o momento antes de ter entrado ali.

Antes de ter entrado ali...? Aquele pensamento me percorreu como um choque elétrico, me causando uma onda de arrepios.

— Preciso... sair deste lugar. Preciso pôr fim ao acordo com aquela mulher. Só isso.

A viagem no tempo tem como princípio a troca entre o tempo passado e o tempo futuro. O número de viagens é limitado a três.

Relembrei as regras da viagem no tempo, e em lugar nenhum dizia que era obrigatório completar as três viagens. Então, meu corpo, até então entregue ao desespero, levantou-se em um salto.

— Mas o que diabos está acontecendo?

Quantas voltas eu já tinha dado naquele mesmo lugar? As prateleiras da livraria se erguiam ao meu redor, perfeitamente alinhadas como guardas medievais protegendo um castelo. E, por mais que tentasse, eu não conseguia encontrar o corredor pelo qual havia chegado. Não importava para onde andasse, eu sempre voltava ao cemitério de livros, e a escada em espiral que subia em direção ao teto alto parecia zombar de mim. Lógico que virei aqui e ali e dei de cara com a mulher, que apareceu por trás das estantes. Quanto mais eu tentava sair, mais os livros no chão se multiplicavam numa espécie de feitiço. Avancei, tirando os livros do caminho com chutes, e, antes que eu percebesse, eles tinham se amontoado até meus tornozelos.

Expirei com força. Meu rosto estava queimando. Sacudi as estantes com toda a minha força, furiosa por elas mais uma vez bloquearem meu caminho. Se essas malditas lembranças e aquela mulher diabólica não me deixassem partir, eu destruiria tudo. Derrubaria as estantes e quebraria as paredes. Eu sairia dali de qualquer jeito.

— Argh!!!!!

Eu já não sabia se o que tinha acabado de sair da minha boca era um grito de fúria ou um lamento sufocado pela dor. A estante que eu sacudia violentamente, como se estivesse se vingando, havia despejado todos os seus livros sobre mim. Depois de ser atingida por dezenas — talvez centenas — de livros, caí de costas sobre inúmeras pilhas. Meu corpo inteiro estava em frangalhos.

Doía. Doía tanto que eu não conseguia nem pensar direito. Minha cabeça latejava como se estivesse em chamas, e um corte profundo em meu antebraço sangrava sem parar. Minha nuca estava rígida e minhas pernas não tinham mais forças. Levantar do chão parecia uma tarefa impossível. Arranquei um livro aberto que havia caído bem no meu rosto e pendia como se fosse uma sanguessuga agarrada à minha pele.

Não sei como dizer que está sendo difícil, que quero desistir ou que sou fraca. Há dias em que não consigo me acostumar ao fato de que, por mais que eu me esforce ao máximo, ir bem não é mais do que minha obrigação, e que, caso contrário, só me resta aceitar as críticas. Ligo para minha mãe no meio da campina, sob um sol escaldante. Ela soa alegre ao garantir que está bem, mas estou preocupada com sua fala arrastada. Não posso culpá-la. A escolha é minha. Estou prestes a me despedir e desligar quando ela diz:

— Se estiver muito difícil, não tem problema largar tudo e voltar. Desistir também é um aprendizado.

Ergui o livro com a capa destruída; o volume pesado e desgastado obrigava meus olhos a absorverem cada palavra.

No meio da campina, sob um sol escaldante; a escolha é minha; se estiver muito difícil, não tem problema largar tudo e voltar; desistir também é um aprendizado...

Aquelas lembranças me transportaram para o verão dos meus 23 anos.

— Desculpe-me, senhor. Minha mãe está muito doente e acho melhor eu voltar para Seul o mais rápido possível.

Desde o ensino fundamental, eu sonhava em ser produtora de rádio e televisão. Quando criança, tive muitos sonhos diferentes, mas, em algum momento, cravei esse desejo no meu coração e passei a persegui-lo. Assim, achei que definitivamente me tornaria produtora.

Aos 23 anos, tranquei a faculdade e acabei entrando para uma produtora terceirizada como a mais jovem da equipe. Foi nessa época que minha mãe, tempos após finalizar o tratamento contra o câncer de nasofaringe, começou a notar novos sintomas, apesar de ter ficado saudável por pouco mais de um ano. Em minha rotina, eu voltava para o alojamento, trocava de roupa e saía só duas vezes por semana e, não sei como, conseguia cumprir a carga de trabalho que me era dada. O trabalho em si era cansativo e exigente além da conta, mas era o ideal para mim. Era o emprego dos meus sonhos, e eu estava feliz e me divertia. Mas não conseguia aguentar a cadeia alimentar do mundo, que mais parecia uma selva.

Não tinha sido fácil deixar um emprego com o qual eu havia sonhado por quase uma década. Eu me lembrava de que, durante uma longa viagem a trabalho para o interior, liguei para minha mãe, que estava no hospital tratando a hemiplegia. Aquela era justamente a lembrança daquele dia...

Naquele dia, fugi de maneira covarde, usando a doença da minha mãe como desculpa para voltar a Seul. Disse que eu não poderia continuar naquele trabalho, pois precisava cuidar dela. Com as sobrancelhas franzidas, o produtor sênior acendeu um cigarro e me encarou por trás da fumaça. Seus olhos penetrantes pareciam enxergar tudo, e me senti intimidada. Foi ali que deixei para trás o sonho ao qual havia me agarrado por tantos anos.

Quando voltei para casa de mãos vazias, minha mãe não me repreendeu. Em vez disso, me deu um tapinha no ombro e disse saber o quanto eu havia me esforçado até aquele momento e que, por ela ter nascido tardiamente, nunca havia precisado lidar com as expectativas de seus pais idosos; mas que me ver tentando corresponder ao que era esperado de mim fazia com que ela se lembrasse de como nada na vida era fácil.

— Mãe...

Desajeitadamente, chamei por ela, assim como havia feito na primeira viagem. Mas, dessa vez, aquela palavra já não me parecia tão estranha nos lábios. Sentindo o ardor familiar no nariz e a garganta apertada, fechei os olhos devagar.

A passarela por onde nós duas tínhamos caminhado. O hospital, com sua atmosfera agitada. As mãozinhas macias da minha mãe, enquanto estávamos sentadas na sala de espera seca, uma segurando a mão da outra para se proteger do frio, uma óbvia mentira. As promessas do meu pai de que a protegeria, mas que, no fim, ele não pôde cumprir. O aroma de comida que enchia a casa misturado ao perfume da minha mãe e o calor que irradiava do seu corpo. O toque dela na minha nuca. Tudo isso ainda permanecia tão vivo em minha memória, que acabei não conseguindo mais segurar o choro.

Encontre algo que você pode mudar através das próprias escolhas. Não se esqueça, senhorita Ji-won: você ainda tem duas chances.

A voz da mulher, a última coisa que eu queria lembrar naquele momento, ecoou em minha mente. Esfreguei o dorso da mão com força em meu rosto molhado; as lágrimas tocaram o corte deixado pela borda afiada do livro, causando uma dor aguda e latejante. Mordi o lábio diante daquela dor que se recusava a desaparecer e me levantei devagar.

— Duas chances. Algo que só eu posso mudar...

O desespero profundamente arraigado acabou por despertar minha mente, que se agarrava a escolhas equivocadas. Olhando para trás, percebi que a primeira viagem, que eu acreditei ter sido em vão, na verdade havia me dado algo muito valioso.

A visão da minha mãe saudável, as conversas que eu tanto queria ter tido com ela e tudo de que sentia falta desde a sua partida.

Eu ainda tinha mais duas chances de reescrever minhas lembranças com ela. Percorri os livros bagunçados; não sabia o que estava procurando nem qual lembrança deveria procurar, mas sabia que desistir daquela oportunidade não era a resposta.

Peguei os livros mais próximos, um a um. As datas e os formatos deles eram variados, mas todos pertenciam a um período específico: 2005. Antes de eu completar 18 anos. Meus olhos se concentraram em uma lembrança que parecia particularmente nítida.

Eu me envolvi numa briga com um pessoal de outra escola e fui parar na delegacia. Sentada junto com meus amigos num banco duro que nem os que vemos nas novelas, tenho mais medo de ver o rosto da minha mãe quando ela entrar pela porta da delegacia do que da punição que vou receber. Será que ela vai ficar com raiva de mim? Ou vai ficar decepcionada? A porta se abre. As mães dos meus amigos entram com tudo, abraçando-os e chorando, enquanto perguntam o que está acontecendo. Minha mãe, a última da fila, faz contato visual comigo e vai direto até o balcão, logo esclarecendo toda a situação com suas palavras e ações implacáveis. Eu a observo sair pela porta da delegacia e grito:

— Não está preocupada comigo, mãe? Você é sempre assim. Resolver os problemas é mais importante pra você.

Ela se vira. Não consigo decifrar o que há em seus olhos quando me encara.

Era uma memória de quando eu tinha 16 anos. Ainda me lembrava daquele dia. O cheiro forte de ferro na delegacia gélida; os gritos e berros. O som de um teclado barato sendo pressionado sem parar. Os policiais de aparência grosseira que passavam olhando de maneira patética para onde meus amigos e eu estávamos sentados.

Havia sido uma briga na qual eu nem queria ter me envolvido. Eu sabia que tinha sido um amigo meu quem tinha começado, mas não podia ficar parada vendo-o apanhar de garotos que eu sequer conhecia. Sem hesitar, entrei na confusão, e, antes que percebesse, minhas mãos ficaram cobertas de sangue de um desconhecido. Enquanto o tumulto seguia na viela residencial, ouvi sirenes ao longe e finalmente percebi o que tinha feito.

Segurei o livro aberto e tentei me lembrar da expressão da minha mãe naquele dia. Ficou evidente para mim que a atitude dela na época não havia sido para me deixar mais assustada, mas, sim, para me proteger. Me dei conta também de que, embora eu achasse que seu olhar era vazio ao me encarar, na verdade, devia estar carregado de um medo infinito. Eu lhe havia causado uma ferida irreparável.

Será que eu precisava voltar àquele dia...?

Suspirei quando esse pensamento me ocorreu. Se eu pudesse voltar no tempo e nem entrar naquela briga para começo de conversa... se nem entrasse naquela viela... se ao menos não precisasse contar para minha mãe o que havia acontecido e deixá-la de coração partido...

Apertei a lembrança em minha mão. Uma palpitação desagradável abalou tudo ao meu redor. Pensando bem, aquele não era o único arrependimento que eu carregava. O fato de eu ter discutido com minha mãe na frente da delegacia era o mais estranho... Eu estava ocupada demais brigando com ela e dizendo todo tipo de asneira... preocupada demais com meus próprios sentimentos e meu orgulho, mesmo quando ela estava hemiplégica, enfrentando todas aquelas sequelas do tratamento contra o câncer.

— Ha-ha...

Dei uma risada. Como se para provar que me daria o que eu precisasse, a livraria havia me trazido minha pior lembrança.

Logo em seguida, fui confrontada por uma lembrança de janeiro de 2016, um mês antes de minha mãe falecer.

Brigo com meu pai por uma coisinha à toa. Larguei meu emprego para cuidar da minha mãe, e o que ele está fazendo para ajudá-la? Ela, que estava escutando tudo de dentro do quarto, começa a chorar.

Acredita piamente que tudo de ruim na nossa vida só começou por causa da doença dela. Meu pai grita, perguntando como eu ouso dizer aquilo para ele. Jogo a tigela dentro da pia e me ajoelho diante da minha mãe, abraçando-a enquanto ela chora. Percebo que sua saúde vem se deteriorando, e agora ela não consegue mais ouvir bem, mesmo com o aparelho auditivo. Então, em meu egoísmo, digo algo que não deveria, pois não consigo mais guardar para mim: só queria poder morrer junto dela.

Eu não tentei evitar brigar com meu pai. Pelo contrário, fui eu quem começou a magoá-lo com minhas palavras ferinas, não ele. Se tivesse que escolher um momento do qual mais me arrependia na vida, não pensaria duas vezes em escolher aquele dia. Eu não devia ter dito aquilo na frente da minha mãe. Não podia ter dito aquelas coisas. E não devia ter culpado meu pai pela minha própria dor...

Mas não havia como voltar atrás. O momento ao qual eu havia retornado para tentar salvar minha mãe era anterior àquele. Eu precisava aceitar que aquela lembrança em minhas mãos não poderia ser mudada, nem apagada. Com os dedos trêmulos, cheia de culpa, apertei o livro amassado antes de jogá-lo no chão.

— O que é isso?

Um livro laranja encadernado com grampos e sem lombada chamou minha atenção. Peguei-o com cuidado para conferir a capa; a data estampada era de 22 de maio de 2005. Uma memória dos meus 16 anos.

Ai... Estou exausta por ter ficado acordada até a madrugada de ontem, e meu pai já está passando o aspirador de pó a essa hora da manhã. Amanhã é segunda-feira, e vou ter que ir para a escola. Não quero tomar café da manhã, só quero dormir até tarde. Meus amigos querem ir ver um filme hoje, mas não estou a fim. A porta fechada do meu quarto se escancara sem aviso. Meu pai entra, ligando o aspirador de pó, e me incomoda pedindo que eu me levante. Afundo o rosto no travesseiro e me enterro ainda mais debaixo do cobertor. O som do aspirador se distancia. Meu pai adora esse negócio.

Aquela havia sido uma manhã de domingo qualquer. No único dia em que eu podia dormir até tarde, meu pai sempre fazia questão de passar o aspirador e minha mãe fazia o maior barulho ao preparar o café da manhã. Eu ignorava os inúmeros chamados dos dois — um me dizendo para levantar logo, o outro para ir comer antes que a comida esfriasse. Ao me ver daquele jeito, Ji-hoo, com o cabelo desgrenhado, sempre me dizia para ir comer logo, senão ia me arrepender depois. Naquela época, eu era muito feliz...

Mas por que justamente aquela lembrança tinha aparecido para mim? Não havia nada de especial ou de incomum nela... Virei a página e li o restante.

São 13h e meu pai e Ji-hoo saíram. Estou esparramada na sala, assistindo à televisão, quando minha mãe vem até mim, parecendo sem forças, e pergunta se quero ir com ela visitar o túmulo da minha avó. Pestanejo diante daquela pergunta repentina. O túmulo da minha avó fica no jazigo da família na encosta de uma montanha, perto de onde minha mãe nasceu. Dá para ir dirigindo até a metade do caminho, mas, depois disso, é uma caminhada e tanto. Penso nas trilhas lamacentas da montanha e faço uma careta. Tlim. O celular apita bem a tempo, e, ao verificar as mensagens, vejo um amigo me pedindo para decidir logo se quero ir ao cinema ou não.

— Tenho um compromisso. Por que não vai com as minhas tias? — digo à minha mãe.

Finalmente entendi o porquê de aquela lembrança ter vindo até mim. A origem da minha culpa estava no fato de eu não ter me esforçado o suficiente. De não ter feito o melhor que podia para passar mais tempo com minha mãe, nem para dar atenção a ela ou dizer que a amava. E eu me arrependia disso tudo. Assim, eu continuava vivendo presa ao passado, incapaz de seguir em frente. Eu sabia que a maneira de honrá-la de verdade era estar ao seu lado quando mais precisasse de mim, e não me apegar às tantas palavras insensíveis que eu tinha dito. A escolha que eu precisava fazer dessa vez não podia ser para mim, mas, sim, para ela.

Voltei correndo pelo caminho que havia percorrido. Tinha passado tempo demais paralisada, me afundando no desespero e na tristeza pelo fato de não poder trazer minha mãe de volta à vida. Achei que a gerente da livraria havia me dado falsas esperanças, quando, na verdade, era eu que vivia minha vida sem expectativas, apenas sobrevivendo. Eu achava que quem havia me traído e destruído minha fé depois de atingir seu ápice havia sido a mulher e, como sempre, joguei a culpa em outra pessoa e saí correndo. Mas eu ainda tinha duas chances; poderia ver minha mãe outra vez.

— Parece que você encontrou sua segunda lembrança. Deixei o marcador no lugar.

Assim que desisti da ideia de sair dali e de não me prender a nenhum acordo com aquela mulher, a livraria, que antes bloqueava minha saída feito uma prisão, resolveu abrir caminho para mim, zombeteira. Fixei os olhos na mulher, que tinha um sorriso suave no rosto, como se já soubesse de tudo que havia acontecido comigo no cemitério de livros.

— Sabe como usá-lo, não é?

Quando eu estava tomada pela raiva e procurava pela mulher, o caminho parecia interminável, porém, naquele momento, ele parecia ter encurtado. A sala de leitura surgiu diante de mim, organizada como sempre, e lá estava a mulher, com sua postura inabalável. Com o rosto impassível, ela pediu que eu me sentasse, e eu peguei a única das oito cadeiras que não estava alinhada. O marcador de páginas em couro estava sobre a mesa, como se lá estivesse aquele tempo todo.

Uma atmosfera gélida pairava ali. Coloquei o marcador no momento para o qual eu ia voltar. Atrás de mim, a mulher, com seus tênis barulhentos sobre o piso, falava enquanto examinava os livros nas prateleiras:

— Você se lembra do que eu disse sobre as lembranças serem distorcidas com o tempo?

Virei-me um pouco na cadeira para fitá-la. Ela afastou as mãos da estante e fez contato visual comigo, como que para retribuir meu olhar. Ondas azuis se agitavam em suas pupilas.

— A distorção da memória é imparcial. Não importa se é uma lembrança marcada pelo arrependimento ou uma que você deseja guardar para sempre, as lembranças revisitadas com mais frequência são todas passíveis de distorção. Portanto, desta vez, faça com que seja uma lembrança feliz, para que ela possa crescer feito uma bola de neve.

A segunda viagem

Ouço um som fraco para além da escuridão. Um zumbido distante, como uma vibração leve, começa a tomar forma até se transformar em risadas. Mas não eram muito distintas. Eu ainda não havia aberto as pálpebras, mas, ainda assim, tinha uma vaga ideia de onde vinha aquele som. Não era real; era o som de risadas falsas que saíam de um alto-falante. De repente, meus olhos se abriram como os de um cervo assustado por faróis.

— Estou...

De volta.

Fixei o olhar no sofá de três lugares no qual eu ainda cabia deitada. Até o ensino fundamental, o sofá na sala de estar sempre tinha sido uma ótima cama para mim, graças à minha pequena estatura. Dobrei os dedos dos pés, como havia feito na minha primeira viagem; cada articulação se moveu suavemente, sem esforço, me provando que aquilo não era uma alucinação.

A televisão estava a todo vapor com um programa de variedades a que meu eu de 16 anos assistia. Meus olhos alternaram entre o relógio no meu pulso e o relógio redondo na parede. Eram 12h56. O horário estava certo, embora eu tivesse perdido um minuto precioso tentando me situar.

Eu estava na minha casa no dia 22 de maio de 2005. O que significava que...

Era isso!

Minha mãe abriu a porta do seu quarto e saiu para a cozinha. Ela parecia estranhamente sem energia, assim como descrito no livro laranja. Talvez até estivesse um pouco triste. Ou, quem sabe, muito triste. Eu não reparei nisso na época, mas, dessa vez, conseguia perceber melhor os sentimentos dela.

Ela foi devagarinho até o filtro e pegou um copo de água. Aproveitei a oportunidade para desligar o celular, enfiado entre as almofadas.

— Ji-won... — chamou minha mãe e suspirou, enquanto bebia a água com a mão apoiada na mesa de jantar, entre a sala e a cozinha.

— O que foi, mãe?

Eu me virei e olhei para ela, ignorando a televisão, que continuava a tagarelar sozinha. Minha mãe me fitou em silêncio por um instante, como se estivesse surpresa. Diferentemente do que estava registrado naquele livro, ela não se aproximou de mim. E isso só podia significar uma coisa: naquela época, eu sequer olhava para ela.

— Vou visitar o túmulo da sua avó hoje. Quer vir comigo?

Há um ditado popular: "Só enxergamos aquilo que conhecemos." Eu finalmente entendia o que isso significava. Sentia uma saudade enorme da minha mãe, que não havia sentido em minhas lembranças apagadas pelo tempo. Ela não estava apenas cansada ou envolta em uma tristeza apática naquele dia; ela também sentia uma saudade enorme de sua falecida mãe. Como eu no presente.

— Você tem algum compromisso com seus amigos?

— Hã? Ah, não tenho, não.

— Então por que demorou para responder?

Ela devia estar esperando que eu dissesse não à primeira pergunta, como sempre fazia, pois não havia expectativa nenhuma em seu olhar. Eu me levantei ao som de sua voz resignada, tão baixa que ficava evidente que ela havia me chamado apenas por desencargo de consciência.

— Não, não tenho nada marcado. Vamos juntas visitar o túmulo da vovó.

Minha mãe nasceu e cresceu ali, e conheceu meu pai numa curta viagem para fora da cidade, aí se casou. Portanto, era natural que o jazigo da família e a casa em estilo tradicional *hanok* onde ela havia crescido na montanha fossem próximos da nossa casa. Entrei no carro da minha mãe pela primeira vez em muito, muito tempo. Ela era péssima em se orientar e nunca dirigia sem GPS. Mas conhecia bem aquela região. Fiquei observando seu perfil enquanto ela dirigia num ritmo tranquilo, sem se preocupar com o mapa.

Minha mãe era bonita. Suas sobrancelhas eram arqueadas, criando uma sombra natural nas pálpebras lisas e ligeiramente fundas, e a ponte do seu nariz era muito mais alta do que a da maioria das pessoas. Os lábios eram pequenos e rosados, mesmo sem batom, e a pele, que havia sido cheia de acne durante a juventude, parecia feita de porcelana — o que era quase inacreditável. Eu me parecia mais com meu pai do que com ela, mas, na época do ensino fundamental, costumavam dizer que éramos idênticas. Minhas tias mostravam fotos dela criança no quintal de sua antiga casa e se gabavam da irmã caçula: "Vocês não fazem ideia do quanto ela era inteligente naquela época."

Aos meus olhos, ela não havia mudado nada. Ainda tinha o mesmo olhar astuto, e continuava sendo a mais inteligente, sensata e incrível das mães. Ao sentir meu olhar, ela me perguntou por que eu a estava olhando com tanta atenção. Ignorei o conselho da gerente da livraria, de que agir de modo estranho me traria problemas, e respondi que não havia um motivo especial.

— Por nada. É só que você é muito bonita, mãe.

Ela sorriu, incrédula, mas ainda assim parecia ter gostado de ouvir aquilo. Logo em seguida, ela riu alto, dizendo que no dia seguinte o sol nasceria no oeste. Guardei seu rosto sorridente em minha memória com todo o cuidado do mundo.

O carro seguiu por caminhos familiares e, em vinte minutos, chegou à encosta da montanha. Estacionamos embaixo de uma árvore enorme, onde havia espaço apenas para um carro, e descemos a trilha lamacenta lado a lado.

Eu costumava ser tão atlética que até pensei em entrar para uma escola de atletismo no ensino médio. Contudo, quando passei dos 20, 30 anos, me distanciei completamente do mundo esportivo. Se fosse a minha versão do presente, eu já estaria sem fôlego ao subir aquela montanha, mas eu me sentia estranhamente leve. Minha respiração permaneceu estável até chegarmos ao túmulo da minha avó, e mais uma vez me dei conta de que não poderia ficar ali para sempre.

— Que pena... Agora que os ritos memoriais estão sendo na casa do seu tio, o túmulo está todo coberto de mato.

A grama verde era espessa sobre o montículo que se erguia. Minha mãe passou um bom tempo sem dizer uma única palavra, apenas concentrada em limpar o túmulo da minha avó. Dei um passo para trás, sem querer atrapalhá-la, e caminhei até o túmulo do meu avô, bem ao lado. Ele havia falecido muito antes da minha avó, num acidente de moto, quando minha mãe ainda era criança. Por isso, eu não o conheci. Apesar disso, já tinha visto um retrato dele na casa da minha tia mais velha, e o jovem na foto em preto e branco era muito charmoso.

— Você se lembra bem do vovô, mãe?

O tempo fluía como um rio. Mesmo que eu tentasse mergulhar nele e pará-lo, usando todas as minhas forças, ele sempre escapava por pequenas brechas. Eram 13h54. Olhei os ponteiros do relógio, impaciente. Restavam apenas duas horas ali com minha mãe.

— Grande parte das lembranças que tenho do seu avô são vagas. Ele morreu quando eu ainda era muito nova; e fui a última filha de uma família que tentou e não conseguiu ter outro menino, então não tínhamos um relacionamento muito próximo, como você e seu pai têm. Mas isso não significa que eu não sinta falta dele. Eu me lembro dele, mesmo que as memórias sejam um pouco confusas, e sempre imagino... como teria sido se ele tivesse vivido por mais tempo — respondeu ela, jogando um punhado de ervas daninhas na mata densa, sua voz carregada de melancolia, mas não de grande tristeza. — Sonhei com os seus avós ontem à noite... Era o dia do meu nascimento, e seu avô ficou muito decepcionado quando viu que não era um menino. Mas sua avó, não; ela estava feliz em me carregar nos braços, apesar de ter outras quatro filhas ali em cima dela, além do seu tio. Lógico que não sei se isso realmente aconteceu ou não, mas, depois desse sonho, senti muita falta dela. Agora que sou mãe, consigo entender como é segurar um filho nos braços pela primeira vez. E foi por isso que eu quis vir com você aqui hoje. Se você não quisesse vir, talvez eu até tivesse vindo sozinha.

Não havia mais ninguém além de nós duas ali, na encosta da montanha. A voz dela estava tão carregada de tristeza quanto a grama que cobria o túmulo da minha avó. Eu finalmente conseguia entender minha mãe da forma como ela entendia minha avó. Conforme envelheciam, as filhas sempre acabavam compreendendo suas mães.

Ela se sentou no chão de terra em frente ao túmulo. Sem me importar em sujar a roupa, sentei ao seu lado, colada ao seu corpo pequeno. No instante em que paramos de conversar, os sons da montanha se revelaram, sobrepostos. O canto dos pássaros, o zumbido de insetos, o farfalhar das folhas balançando ao vento... Comecei a brincar com a terra no espaço entre minhas pernas, e então, um pouco hesitante, fiz outra pergunta.

— Mãe, o que você gostaria de ter sido, se meu avô não tivesse morrido tão jovem?

Quando ela perdeu o pai, era muito nova e cresceu num ambiente familiar cheio de dificuldades financeiras. Durante a infância, minha mãe era mais inteligente e sabida do que qualquer outra pessoa, mas nunca teve as oportunidades que merecia. Ela já tinha cinco irmãos mais velhos, e minha avó estava com a idade avançada demais para conseguir financiar seus estudos.

Meu tio, marido da minha tia mais velha, que era um professor de matemática renomado em Busan, sempre dizia que era uma pena minha mãe não ter tido mais oportunidades. Talvez tenha sido por isso que ele nunca aprovou totalmente meu pai, que havia aparecido de mãos vazias para pedi-la em casamento.

Nos feriados, quando a família se reunia, esse meu tio sempre repetia as mesmas palavras quando estava bêbado: "Você puxou a inteligência da sua mãe, então estude bastante para conquistar tudo o que ela não conquistou." Quando eu era mais nova, isso era um elogio e tanto, mas também era uma enorme pressão. O fardo das expectativas pesava sobre meus ombros, e eu fingia não me importar. Mas, no fim, nunca perguntei nada à minha mãe. Que tipo de pessoa ela gostaria de ter sido, quais tinham sido seus sonhos.

Quando questionei aquilo, ela sorriu sem graça, dizendo que aquelas coisas haviam ficado no passado. Limpei a sujeira das mãos e disse:

— Pense um pouco. Do que você gostava, o que queria fazer?

— Ah...

— Você disse que era professora de informática, não é? Se não tivesse engravidado de mim naquela época, o que acha que estaria fazendo agora? Estou curiosa para saber qual era o seu verdadeiro sonho.

O tempo continuava a passar, mas eu não a apressei. Ela estava perdida em pensamentos. Eram 14h12, e eu teria que ir embora às 15h55.

Eu ainda tinha um pouco mais de tempo para passar com ela.

Meus pais diziam que eu era o bebê da lua de mel deles. Mas a data registrada na foto de casamento dos meus pais era 23 de dezembro de 1989, e eu tinha nascido em junho; ou seja, estava na cara que eu havia sido concebida bem antes.

Só fui perceber isso quando estava no sexto ano do ensino fundamental. Comecei a reparar no rosto dos meus pais; como era fascinante que tivessem a aparência tão jovem, e foi aí que olhei com mais atenção para a foto do casamento, que sempre me passava despercebida na penteadeira da minha mãe. Eu sabia a data do aniversário de casamento deles desde criança, mas, por algum motivo, o ano de 1989 saltou aos meus olhos naquele dia em particular. Eu já era grandinha o suficiente para saber que bebês geralmente levavam mais de seis meses para nascer.

Além de ser uma criança esperta, eu também era precocemente madura, do tipo que assistia a muitas novelas com os pais. Inclusive, foi assim que descobri o conceito "gravidez antes do casamento" e passei a usá-lo para provocar meus pais durante muito tempo.

Naquela época, meu pai ainda não era um homem bem-sucedido. Ele era um jovem arquiteto sonhador, ainda em processo de construir seu legado. Minha mãe, por outro lado, trabalhava como professora em um famoso curso de informática. Só mais tarde descobri que, ao engravidar de mim, ela teve que abandonar a carreira. E que, além disso, se casou contra a vontade da família.

Eu não entendia o que significava para uma mulher ter uma carreira naquela época, muito menos qual era o custo de ter que abrir mão dela. A maioria das mães dos meus amigos era dona de casa, e, por isso, eu achava natural que minha mãe também fosse. Não fazia ideia de que os sacrifícios e a dedicação de uma mãe e dona de casa pela sua família não eram inevitáveis, e que ela também era um ser humano que podia ter tido sonhos e aspirações antes de ser mãe e dona de casa.

Eu não conseguia deixar de pensar que havia perguntado aquilo tarde demais. Eu devia ter feito isso antes. Devia ter perguntado do que ela gostava, o que queria ser ou, pelo menos, como tinha sido o seu dia.

— Hum... Não consigo me lembrar de nada. Acho que queria fazer muita coisa quando era criança, mas, depois que seu avô morreu, acabei só seguindo o fluxo da vida. Hoje em dia já é difícil criar um filho sozinha. Naquela época, então, nem se fala! Sua avó não tinha mais ninguém e, ao contrário de agora, eu tinha muitos irmãos para me ajudar, por isso, acabei conseguindo fazer faculdade e dar aulas num curso de informática. Mas já faz tanto tempo que nem sei se era isso que eu realmente queria fazer.

Ela havia ponderado durante algum tempo, abraçando os joelhos junto ao peito, e, quando por fim falou, sua resposta tinha sido totalmente diferente do que eu esperava. Me virei um pouco para encará-la. Ela estava de costas para o túmulo da vovó, olhando para o céu azul. Eu conhecia aquele vazio em seus olhos; àquela altura, eu já devia ter o mesmo olhar. Agarrei um punhado de grama e o sacudi. O cheiro da grama recém-cortada se misturou à brisa amena da montanha.

— E se não tivesse engravidado aos 28 anos?

— Se você não tivesse engravidado?

— Não, se você não tivesse engravidado de mim! Nunca pensou nisso? Como acha que teria sido? Você não precisaria ter parado de trabalhar.

Os olhos da minha mãe, que até então estavam perdidos no vazio, se voltaram para mim. Seu olhar se encaixou no meu como peças de quebra-cabeça; era firme e determinado, como se ela pudesse ler cada um dos meus pensamentos. Ela gargalhou e deu uma resposta que obviamente era uma piada.

— Ah, se eu não tivesse me casado com seu pai, estaria bem sozinha. Eu o deixei entrar na minha vida com todo tipo de ladainha sobre como ele me faria feliz, apesar de não ter um tostão furado… Quem diria que as coisas acabariam assim, né? É exatamente por isso que, quando se conhece alguém, é preciso pensar muito, muito bem. Olha só seu pai, chegando tarde todo dia e só me dando dor de cabeça… Aff, melhor nem comentar, viu?

Ela balançou a cabeça, fingindo exasperação. Mas um sorrisinho dançava em seus lábios. Ri junto com ela e disse que a resposta dela tinha sido pura balela. Ela fingiu estar indignada e se levantou, dando um tapinha leve no meu ombro. Fiquei olhando para ela, enquanto me protegia do sol quente em sua sombra.

— Mas, Ji-won... — disse ela, olhando para mim.

— Hum?

— Mesmo que eu não tivesse me casado com seu pai, uma coisa nunca teria mudado.

— O quê?

— Você. Eu ainda teria tido você.

A sinceridade em sua voz quase me levou às lágrimas. O olhar caloroso, o toque amoroso de sua mão... Eu só queria chorar, para que toda a amargura reprimida saísse. Não queria me despedir dela. Mesmo naquele momento, eu queria gritar o quanto odiava a passagem do tempo. Lamentava não ter emitido um único som durante o funeral, apenas engolido as lágrimas. Depois de tanto tempo, só de ouvir a palavra "mãe", as lágrimas transbordavam sem parar. Talvez esse fosse o terrível preço a pagar por não ter permitido a mim mesma viver o luto direito.

Peguei a mão que ela me estendeu e levantei, a terra se soltando da minha roupa enquanto eu me erguia. Em vez de limpar a terra da sua própria roupa, tão suja quanto a minha, minha mãe limpou a sujeira do meu corpo e disse, num tom de voz convicto:

— Não sei como será sua vida no futuro, mas ter tido você foi a melhor decisão que tomei.

Senti como se as comportas que eu mal havia conseguido manter fechadas estivessem prestes a transbordar.

Mordi o interior das bochechas, tentando conter a tristeza que parecia ter chegado ao limite. Engoli o nó na garganta.

— Você disse que se arrependeu de ter se casado com meu pai. Você teria escolhido me ter mesmo se não houvesse se casado com ele?

— Sempre digo que seu pai pode não ser o melhor marido do mundo, mas é, sem dúvida, o melhor pai que você poderia ter tido. Independentemente do que tivesse acontecido, eu nunca mudaria minha decisão, pois, qualquer que fosse meu sonho antes, ele agora é você, Ji-won.

Sempre que eu me sentia perdida, sempre que me via encurralada diante de uma encruzilhada, desejava poder enxergar o futuro. Mas, sabendo o que o futuro reservava, aquilo parecia uma maldição.

Eu sempre soube que tinha crescido cercada por um amor imenso, tão profundo quanto o oceano. Mas essa era apenas uma sensação vaga, algo que eu pressentia, mas nunca tinha tido certeza. Para mim, era natural que fosse assim. Porque, enquanto minha mãe estava viva, nós nunca havíamos tido esse tipo de conversa. Ter essa confirmação ali, por meio de palavras, sons, expressões e o calor de sua pele, me fez sentir vergonha de mim mesma por, em algum momento, ter desejado abrir mão da minha própria vida.

— Venha, vamos descer. Estou com fome.

Como se nada tivesse acontecido, minha mãe bateu de leve a poeira das mãos e seguiu pelo caminho de volta. Fiquei ali, observando-a se afastar. E, naquele instante, a lembrança da despedida final — o dia em que a vi partir em meio às chamas crepitantes do crematório — veio a mim.

Minha vida é preciosa; minha mãe a protegeu com a própria vida. Não vou me esquecer disso e vou aproveitá-la o máximo possível. Vou viver e deixar minha mãe mais orgulhosa do que nunca.

Talvez eu tivesse me esquecido dessa promessa rápido demais.

— QUE MILAGRE É ESSE? VOCÊ QUERENDO COMER *RAMEN*?

— Eu gosto! Que nem você.

— Tá, mas você nem gosta de comida quente...

— Sei lá, acho que isso é algo que muda com a idade.

— Mas você fala cada coisa, viu?

O riso leve que saiu junto com sua bronca se misturou ao vapor do *ramen* fumegante que tinha acabado de chegar.

Caldo claro e encorpado, pedaços de omelete, abobrinha cortada no mesmo formato da omelete e alga preta salpicada por cima. Descendo um pouco a montanha onde ficava o jazigo da família, havia uma barraca de *ramen* sob um grande viaduto, com lonas plásticas cor de laranja servindo de cobertura. Era um ponto de parada frequente para quem estava subindo a montanha, mas, acima de tudo, era o restaurante favorito da minha mãe. Até eu entrar no ensino fundamental, nossa família costumava subir a montanha todo domingo, meu pai era o mais empolgado de todos, e sempre acabávamos comendo ali.

Quando eu era mais nova, odiava ir à montanha com minha família. Era um sofrimento ter que acordar de madrugada para me arrumar quando nem era dia de aula, e também não era nada fácil acompanhar meu pai, com seus passos largos. Meu irmão era um amor e tagarelava sem parar enquanto fazia companhia para nossa mãe; já eu me distanciava e ficava resmungando que não entendia por que precisava passar por aquele tormento todo domingo.

Quando estava nos primeiros anos do ensino fundamental, eu era bastante pequena e magra, e, até os 13 anos, atraía a atenção dos adultos nas fontes de água mineral da montanha, onde eu recebia elogios do tipo: "Como uma menininha dessas consegue subir tão alto?" Meu pai então me entregava uma enorme vasilha azul contendo água mineral e, com uma voz orgulhosa, dizia que as crianças da família sempre conseguiam chegar ao topo. Com essas palavras, eu era empurrada montanha acima, e assim os dias de montanhismo se repetiam.

A memória era uma coisa engraçada. Depois que comecei a ter problemas de saúde mental, as lembranças mais recentes passaram a se apagar com a maior facilidade, mas essas memórias distantes continuavam tão nítidas quanto o céu daquele dia. Talvez essas lembranças, gravadas em minha mente, estivessem apenas soterradas na escuridão em vez de terem caído no esquecimento. Só para me atormentar, eu havia cavado tanto as lembranças terríveis das quais não conseguia escapar que acabei enterrando todas as lembranças boas e felizes sob elas. Como um grande túmulo coberto de ervas daninhas.

Dominada pela culpa em relação à minha mãe, eu só conseguia pensar em tudo o que tinha feito de errado, e acabei acumulando um monte de terra lamacenta feito um pântano, que encobriu todos os momentos felizes. Como se eu não devesse continuar viva ou não tivesse direito à felicidade. Mas essa viagem estava, aos poucos, desenterrando tudo aquilo. Pelo menos, era assim que eu me sentia.

Delicadamente, peguei os hashis, que poderiam se quebrar à menor força, e os coloquei sobre a tigela da minha mãe. Ela me lançou um olhar questionador, mas não disse nada.

Durante algum tempo, o som do macarrão quente sendo soprado e o barulho da comida sendo levada à boca preencheu o ar. Minha mãe juntava os pauzinhos e mexia o ensopado, e eu fazia o mesmo; ela os abria para pegar um pedaço de nabo em conserva, e eu fazia o mesmo.

Eu me dividia entre engolir a comida e pigarrear. Ombro a ombro com minha mãe, eu a olhei de relance, enquanto ela comia. Sua comida favorita lhe passava entre os lábios e pela ponta da língua, descendo pela garganta e pelo esôfago até chegar ao estômago. Fiquei emocionada ao me dar conta de que ela não estava apenas se alimentando, mas também saboreando a refeição e sentindo-se satisfeita.

Teria sido ainda mais perfeito se eu pudesse comer uma comida preparada por ela. Porém, naquele momento, eu estava emocionada só de poder dividir uma refeição com minha mãe. Abaixei a cabeça sobre a tigela com pressa;

algumas lágrimas caíram e criaram pequenas ondulações no caldo do *ramen*.

— Gostei de ter vindo aqui com você, filha.

— Mas você gosta mais do Ji-hoo do que de mim.

— É que o Ji-hoo é o mais novo. Você é a mais velha e a filha com quem posso contar e que se vira bem sozinha.

— O que uma coisa tem a ver com a outra?

— Por mais que você seja meio indelicada e Ji-hoo seja mais carinhoso, com o tempo, é sempre a filha que passa a entender e compartilhar mais com a mãe.

Ela desviou o olhar da tigela à sua frente, já um pouco fria, e fitou o vazio. Fiquei imaginando o que se passava pela sua cabeça. Mantive o olhar fixo na comida ao perguntar:

— Você sente muita falta da vovó?

Ela apoiou os braços cruzados sobre a mesa e soltou um longo suspiro. Eu sabia o que aquilo significava.

— Quando você sente mais falta dela? Quando está feliz, ou quando está triste?

— Ah... Penso nela e sinto a sua falta o tempo todo. Mas, se tivesse que escolher, diria que é quando estou feliz. Tento guardar as coisas ruins para mim, mas gosto de compartilhar as coisas boas. E, já que não posso fazer isso, a saudade nunca vai embora.

Eu era, sem dúvida alguma, sua filha. Mesmo anos após a sua morte, eu ainda não tinha conseguido me acostumar a ficar feliz sozinha, pois a felicidade que não tínhamos com quem compartilhar não era felicidade de verdade.

— Mãe, tem uma coisa que eu queria muito saber.

— O quê?

Minha mãe sempre havia sido uma ótima professora para mim. Quando fiz o ensino fundamental, não havia uma única questão nos meus livros de exercícios que ela não conseguisse resolver, principalmente em matemática e ciências. Era tão boa que qualquer um acreditaria se ela dissesse que era professora formada, e sempe dizia preferir as respostas claras e objetivas da matemática às subjetivas e ambíguas de língua coreana. *É estranho que só você seja de humanas na nossa família*, dizia ela, acrescentando que todos os outros eram da área de exatas.

A pergunta que eu estava prestes a fazer talvez fosse do tipo que minha mãe não gostava. E talvez por isso fosse justamente uma das perguntas que eu mais queria fazer, embora nunca tivesse perguntado antes. Como de costume, eu estava me arrependendo do passado e me questionando por que nunca havia tido uma conversa decente com ela. Mas sabia que era importante seguir em frente com coragem em vez de olhar para trás com arrependimento. Como antes, meus lábios hesitaram algumas vezes até que, por fim, as palavras saíram.

— Mãe, o que você quer que eu faça da vida? Você disse que eu sou seu sonho, então que tipo de pessoa você quer que eu seja?

Aquela era uma pergunta vaga e subjetiva, e pensei que talvez ela hesitasse em responder. Imaginei que seria evasiva e diria "ah, não sei", como tinha feito quando falou da minha avó. Mas, não. Desafiando minhas expectativas, ela respondeu com mais firmeza do que nunca.

— Você não precisa viver sua vida tentando ser alguém. Viva por você. Viva sua vida para si mesma. Vou ficar feliz se você fizer isso.

Por um momento, fiquei sem palavras.

— Tenho medo de que você puxe a mim e viva pensando demais. Talvez esses pensamentos lhe tragam alguma satisfação, mas, se você os ficar remoendo demais, eles vão se tornar como chiclete e perder a forma. Aí vão ficar pegajosos e você pode se arrepender, ou, ainda, os engolir e ficar com eles presos na garganta. Não quero que você siga o meu exemplo nisso, então é melhor simplificar as coisas. Viva por você e para você.

Minha mãe já sabia de tudo. Sabia quais dos meus hábitos iriam me machucar e que tipo de vida eu acabaria vivendo por causa deles. No fim das contas, não importava a idade, eu ainda era a filhinha dela, de quem ela sempre precisaria cuidar.

— Nossa, olha a hora! O Ji-hoo vai chegar daqui a pouco. Vamos logo para casa.

Ela conferiu a hora no celular, pagou a refeição com uma nota de dez mil wons e se levantou. Eu a segui de pronto, enquanto ela caminhava até o carro, e verifiquei o relógio de pulso. Eram 15h50. O tempo realmente nunca parava. Logo eu teria que partir. Só tinha mais cinco minutos ali.

Corri para alcançá-la quando ela se afastou em direção ao céu azul e me agarrei ao seu braço livre. Dezesseis anos. Último ano do ensino fundamental. Achei que estava tudo bem fazer aquilo; minha mãe ainda era maior do que eu. Esse nível de criancice... não tinha problema.

— Quando crescer, vou me tornar uma adulta incrível.

— Isso aí. Não deixe ninguém entrar no seu caminho.

— Vou ser o tipo de adulta que come bem e vive bem.

— Por favor, faça isso. Eu realmente espero que você tenha uma vida boa.

Ela soltou uma risada gostosa enquanto caminhávamos juntas. Quando chegamos ao carro, eu não queria soltá-la, mas tive que me afastar, relutante, e pensei: *Vou fazer questão de viver assim, mãe.*

Vou viver assim, mãe, porque eu sou o seu sonho.

Lembranças indiretas

SENTI O CHEIRO DE PAPEL E MADEIRA JÁ BASTANTE FAMILIAR. A respiração sutil dos objetos não humanos e o ar estático que a acompanhava ecoaram em meus ouvidos. Já não era mais assustador. Ao contrário da ansiedade que senti logo após a primeira viagem, naquele momento o silêncio me trouxe paz. Eu me sentei na cadeira dura da sala de leitura e respirei fundo. Com os olhos fechados, senti uma leve serenidade tomar conta de mim. Meu coração, antes carregado de coisas pesadas e sombrias, parecia se iluminar aos poucos. Por entre as pálpebras semicerradas, uma luz quente, semelhante à do pôr do sol, infiltrava-se em minha visão. Cuidadosamente, estendi a mão sobre a mesa, sentindo a madeira fria e firme.

Eu estava de volta àquele lugar. A sala de leitura permanecia inalterada. A única diferença era a presença de alguns objetos diante de mim, como se tentando me transmitir uma mensagem. A mesa, antes bagunçada com diversas lembranças, estava impecavelmente organizada, e bem ali, ao alcance do meu olhar, encontravam-se um marcador de página azul e dois livros de diferentes grossuras. Não precisei que ninguém me explicasse o que eram — eu sabia do que se tratava. Deslizei o marcador de páginas para o lado e conferi a capa dos volumes.

2 de fevereiro de 2007

22 de maio de 2005

Os livros diante de mim eram prova das minhas viagens no tempo. Deslizei a ponta dos dedos pelas capas. A textura, a cor, o formato, o título — nada havia mudado. No entanto, uma coisa era certa: algo estava diferente. Os livros pareciam me chamar, instigando-me a abri-los e desvendá-los. Peguei a primeira lembrança e comecei a folhear as páginas devagar.

~~Ouço um barulho alto fora do quarto. Minha mãe, que assistia à televisão na sala, de repente resmunga alto, dizendo que se esqueceu da consulta médica que tinha às 15h. Pego o celular ao lado do travesseiro. Já são 19h40. A essa altura, o hospital já deve ter fechado faz tempo, penso. É só ela marcar outra consulta, simples assim. Não é como se fosse a primeira vez que ela se esquece de algo; não é nada de mais.~~

A lembrança anterior estava riscada. Virei mais uma página e, ali, estavam memórias que antes não existiam.

— Ai, Ji-won Kim, você me cansa. Pare de me chamar. — Ouço a voz da minha mãe.

Quando olho para trás, eu a vejo de pé, sozinha, sem a aparência de doente, mas em boa forma por *não ter perdido peso, e ela sorri para mim. Minha mãe sorri. Ela era brincalhona e sempre alegrava os outros com seu jeito espirituoso de falar. Seu corpo estava quentinho quando a abracei pela cintura sem que ela retribuísse. É estranho andar lado a lado com ela. Como não há razão para que minha mãe se apoie em mim, preciso de uma desculpa até para segurar sua mão. Por que fui uma filha tão indiferente e estúpida? Me arrependo disso. Mas agora é hora de agir, em vez de remoer os arrependimentos. As lágrimas surgem quando seguro a mão da minha mãe. Gosto de ouvir as broncas gentis que se seguem. Eu vou salvá-la. Não vou perdê-la duas vezes. Agora entendo meu pai. Agradeço o fato de poder carregar esse fardo pesado, mesmo que por um breve momento. Minha garganta se aperta porque nunca fui de dizer esse tipo de coisa, e fico emocionada por não poder mais dizê-la.*

— Mãe... Eu te amo. Muito, muito mesmo. — Finalmente pronuncio as palavras em voz alta.

Eu tinha virado uma única página, mas já havia sido o suficiente para me sentir confortada pela calidez e pelos sentimentos opostos dos dois fragmentos. Senti um calor invadir meu peito. Era assim que as lembranças mudavam. Seria mentira dizer que as consequências da viagem no tempo não eram dolorosas, mas a gerente daquela livraria estava certa: as escolhas de cada pessoa envolvida determinavam os resultados, e eu não podia mudar tudo sozinha movida pela minha ganância.

Precisei aceitar que dei o meu melhor e que tudo o que podia fazer era respeitar, aceitar e entender as escolhas da minha mãe. Eu me lembrei do que a gerente havia me dito quando propôs o acordo.

– *O que poderia mudar se eu voltasse ao passado?*

– *Muito mais do que você imagina.*

Demorei a perceber que a mudança não se resumia apenas a resultados diferentes. Talvez, conforme ela havia falado, muitas outras coisas já tivessem mudado. Como a imagem da minha mãe saudável; uma imagem que, esquecida durante muito tempo, eu não conseguia resgatar por mais que me esforçasse, e que, depois daquelas viagens, estava gravada vividamente na minha memória. Isso com certeza não poderia ser chamado de fracasso.

Abri a segunda lembrança.

~~São 13h e meu pai e Ji-hoo saíram. Estou esparramada na sala, assistindo à televisão, quando minha mãe vem até mim, parecendo sem forças, e pergunta se quero ir com ela visitar o túmulo da minha avó. Pestanejo diante daquela pergunta repentina. O túmulo da minha avó fica no jazigo da família na encosta de uma montanha, perto de onde minha mãe nasceu. Dá para ir dirigindo até a metade do caminho, mas, depois disso, é uma caminhada e tanto. Penso nas trilhas lamacentas da montanha e faço uma careta. Tlim. O celular apita bem a tempo, e, ao verificar as mensagens, vejo um amigo me pedindo para decidir logo se quero ir ao cinema ou não.~~

~~— Tenho um compromisso. Por que não vai com as minhas tias? — digo à minha mãe.~~

Assim como no primeiro livro, esta lembrança também estava riscada. Virei mais uma página, como tinha feito havia pouco.

Quando chegamos ao cemitério e vemos a grama densa crescendo sobre o túmulo, os olhos da minha mãe ficam marejados de lágrimas feito terra molhada após uma chuva. Ela tira devagar as ervas daninhas, enquanto divaga sobre o porquê de haver tantas delas; penso que talvez esteja arrancando a própria saudade. Ela diz que sente muita falta da minha avó. Agora, eu também consigo entender esse sentimento. Mesmo estando ao seu lado, sinto sua falta. Minha mãe sempre será uma presença de que sinto falta e pela qual anseio. Durante todo esse tempo, fui tão indiferente que nunca lhe perguntei: mãe, o que você queria ser? Do que você gostava? O que queria fazer? Qual era seu verdadeiro sonho? Afinal, antes de ser minha mãe, ela também é uma pessoa; mas eu nunca nem lhe perguntei um simples "Como foi seu dia?". Quando a indago sobre seus sonhos e sobre o que queria ter feito, ela dá uma resposta sem sentido, dizendo que não se lembra mais. E então diz:

— Eu ainda teria tido você.

O sonho da minha mãe sou eu. Vejo ela de costas e faço uma promessa: minha mãe protegeu minha vida, portanto, vou vivê-la maravilhosamente bem.

Examinei uma a uma as palavras recém-registradas e, de repente, me dei conta de que isso não era o fim. Antes de voltar ao presente, enquanto eu estava sentada no banco do carona e dormia profundamente, tive certeza de que minha mãe havia me dito algo. Não conseguia me lembrar do que era, mas tive a sensação de que o seu olhar acariciava minhas pálpebras pesadas.

De volta à livraria, o livro em minhas mãos não continha as palavras dela. O que será que ela havia falado? O que será que ela queria me dizer? Mesmo sabendo que era inútil, tentei desesperadamente lembrar, e fiquei desnorteada. Minhas pernas tremiam de nervoso e eu mordia os lábios sem parar. Quanto mais me esforçava, mais a lembrança se afastava, sem que eu conseguisse alcançá-la.

Deixei o livro sobre a mesa e atravessei a sala. Os vários livros nas estantes à frente e atrás me observavam com curiosidade, como se estivessem estudando cada um dos meus movimentos. Parecia um beco sem saída. Esfreguei a nuca, incomodada com seus olhares penetrantes. Será que, assim como os fragmentos de pensamento, existiam lembranças registradas de outras formas? Pensando nisso, disparei pelo corredor.

Finalmente eu conseguia escutar a voz da livraria.

A IMENSIDÃO DA LIVRARIA ERA IMPRESSIONANTE. TALVEZ "vasto" fosse uma descrição mais apropriada. Mas eu já não me perdia, pois o lugar abria caminho para mim. Eu não sabia exatamente para onde estava indo, mas não precisava saber.

No final do estreito corredor, uma viela isolada chamou minha atenção entre os corredores espaçosos. Senti-me atraída e segui em sua direção. Era um lugar muito apertado, no qual mal havia espaço para uma pessoa andar.

Eu não fazia a menor ideia do que havia lá, contudo, se fosse como qualquer outra parte da livraria, eu estaria cercada de estantes cheias de livros. Mas não havia nada daquilo.

Segui até o fim do corredor.

— Que armário é esse?

Ali, havia um armário de metal. Alto como um guarda-roupa, tinha portas que poderiam ser abertas de ambos os lados, e, acima da maçaneta de metal, havia um antigo cadeado com senha. Parecia um objeto muito, muito antigo. Felizmente, não estava enferrujado. A pintura também estava em boas condições. No entanto, a sensação que dava era que, no momento em que eu o abrisse, um som agudo e desagradável, como unhas arranhando um quadro, ecoaria pelo ambiente. Hesitei, com a mão sobre a maçaneta gelada, mas tinha certeza de que havia uma razão para aquele objeto ter aparecido para mim. Eu não tinha escolha. Puxei a maçaneta para abrir a porta de ferro.

Criiiiic. Ouvi um som de arrepiar. Apesar do cadeado, o armário não estava trancado. Segurei a maçaneta com um pouco mais de força e abri a porta num estalo. Com um rangido, o armário começou a cuspir um punhado de papéis.

— O que é isso?

Surpresa, me ajoelhei no chão assim que percebi o tom de cinza-claro dos papéis caídos. As folhas de papel espalhadas como pétalas de flores sobre o piso de madeira marrom eram lembranças. Peguei uma delas, cujo registro era diferente daquele nos outros livros, e comecei a ler.

24 de julho de 1990

A *Não! Olhe direito. A ponte do nariz é igual à minha, está vendo?*

B *Tá, mas, no geral, o rosto é mais parecido com o meu.*

A *Sua pele é mais escura, e a nossa bebê é clarinha.*

B *É só a cor da pele. Mas os olhos são os meus, e, quando ela crescer, o rosto vai ficar mais parecido com o meu.*

O que era aquilo?

Eu nunca tinha visto aquele tipo de registro.

Não era em formato de prosa em primeira pessoa, mas, sim, uma espécie de roteiro. Embora não indicasse quem falava, pela data escrita no topo e pelo fluxo da conversa, era fácil deduzir quem eram "A" e "B". Era óbvio que se tratava de uma conversa entre meus pais, um mês após meu nascimento.

Então, o que significava aquele registro? Eu precisava de mais informações. Reuni todos os papéis espalhados pelo chão e os juntei como se fossem um livro. Folheei as páginas. Repeti o movimento algumas vezes, até perceber que todos aqueles registros seguiam o mesmo formato de diálogos e que as datas estavam todas misturadas. Procurei entre os papéis uma data que pudesse me dar uma pista mais concreta.

— Hã...? Achei!

Desde o momento em que decidi levar a existência da livraria a sério, soube que ela estava do meu lado. Em todos os momentos ela me deu tudo do que eu precisava, e, naquela hora, não foi diferente. Não foi fácil encontrar no meio de tantas datas embaralhadas, mas o que eu procurava estava ali, escondido no fluxo caótico do tempo.

22 de maio de 2005

O que estava em minhas mãos era exatamente o dia para o qual eu havia voltado na segunda viagem no tempo. Deixei os outros papéis de lado no chão e foquei na lembrança daquele dia.

A *Ji-won, está dormindo? Que estranho você dormir durante todo o trajeto. Será que obriguei uma criança exausta a vir comigo? Ah, mas gostei de você ter vindo comigo hoje. Se eu tivesse vindo sozinha, teria me sentido muito solitária.*

Assim como o primeiro papel que encontrei, as palavras registradas ali não tinham nomes. Mas, ainda assim, eu sabia. A pessoa que estava falando comigo enquanto eu dormia, denominada "A", era minha mãe. Um pouco antes, no passado, tínhamos subido a montanha até o túmulo da minha avó e dividido um *ramen* fumegante. Minha mãe provavelmente tinha dito aquelas palavras no momento em que eu adormeci e estava prestes a voltar para o presente, numa voz que ecoava indistinta no tempo passado.

Li como se estivesse ouvindo a voz dela:

A *Quando fiquei grávida de você, eu estava tão ocupada com o trabalho que nem tive tempo para o pré-natal nem pude comer comidas gostosas. Na hora do almoço, a única coisa que eu comia era ensopado de kimchi. Mas você, ainda na minha barriga, nunca reclamou, nunca me fez enjoar. Por isso, eu nem soube o que era passar mal com enjoo na gravidez.*

Ji-won, minha filha... Eu não fui forçada a parar de trabalhar por sua causa. Essa foi uma decisão minha.

Eu queria muito ser uma boa mãe para você. Foi por isso que parei de trabalhar. E não me arrependo. Mesmo se pudesse voltar no tempo, eu tomaria a mesma decisão.

Eu não podia chorar. Se chorasse, iria borrar tudo. Por mais que eu tentasse me segurar, as lágrimas começaram a cair. Odiava ser fraca, e odiava ainda mais aquela sensação ardente nos olhos e no nariz depois de chorar muito, mas as lágrimas continuavam a cair, e eu era incapaz de impedi-las. Sequei-as com o dorso da mão, tentando evitar que caíssem sobre o papel. Mas, mesmo assim, elas se infiltraram nos cantos do papel amassado entre meus dedos cerrados. Estava tudo um caos.

Escolhi viajar no tempo, pois queria fazer algo pela minha mãe, assim como ela havia feito por mim. Mas quanto mais eu viajava, mais percebia que nunca conseguiria retribuir o seu amor. Como isso era possível? Como era possível... dar um amor incondicional, sem esperar nada em troca? As pessoas não nasciam com instinto materno da mesma forma que nasciam com mãos e pés. Então, como uma mãe podia se sacrificar de tal forma só por ter engravidado, dado à luz e criado um bebê?

Eu queria saber. Queria entender minha mãe. Queria fazer isso para que, em vez de carregar essa culpa, eu pudesse viver sendo grata a ela.

— Eita, esses papéis deveriam estar classificados e agrupados por ano e mês. Mas, às vezes, uma ou duas páginas saem do lugar... O mais estranho é que as páginas não estão rasgadas nem nada. Mas, por algum motivo, certas lembranças insistem em se desprender do grupo. Enfim, acho que vou ter que arrumar tudo de novo.

Enquanto eu me perdia em pensamentos, uma pequena fenda se abriu naquele lugar silencioso. Ao me virar para trás, avistei a mulher apoiada na parede, com as sobrancelhas erguidas, agindo de forma casual. Seu sorrisinho exalava certa malícia.

— O que são todos esses registros aqui? Por mais que eu tente deduzir, não consigo entender. Parecem ser lembranças minhas, mas, ao mesmo tempo, não são — falei, enquanto enxugava o rosto coberto de lágrimas.

Com seus tênis barulhentos, a mulher veio até mim e pegou as lembranças que eu havia deixado cair.

— Essas são chamadas de "lembranças indiretas" — explicou ela.

— O que quer dizer "lembrança indireta"?

— Quer dizer exatamente isso. Senhorita Ji-won, você mesma disse isso agora há pouco: parecem ser lembranças suas, mas, ao mesmo tempo, não são. São lembranças que estão e não estão dentro da sua cabeça.

Quanto mais a mulher falava, mais suas palavras se tornavam ambíguas. Não sabia se ela estava falando assim de propósito ou se era eu que simplesmente não conseguia compreender. Mas, como sempre, as palavras dela soavam como um enigma. Virei-me outra vez e parei em frente ao armário aberto. Assim que abri a porta, fiquei tão preocupada com os papéis espalhados pelo chão que não pensei em olhar para os outros montes de papéis amarrados com cordões pretos na parte superior do móvel. *Lembranças indiretas*. De forma literal, seriam lembranças que tinham surgido indiretamente, mas eu não conseguia compreender como isso era possível.

— Nossos ouvidos estão sempre atentos, até quando dormimos. O mesmo ocorre durante o período em que o feto está no útero. Já pensou no porquê de as pessoas fazerem pré-natal? É porque o bebê no útero também pode ouvir e sentir tudo. Mas não são experiências diretas, por isso, não são registradas do seu ponto de vista, mas, sim, de maneira diferente. Este é o motivo de chamarmos de lembrança indireta.

A explicação da mulher enfim fazia sentido. As conversas entre meus pais no ano em que nasci, as palavras que minha mãe sussurrava enquanto eu dormia — tudo isso não eram lembranças que eu poderia acessar diretamente. Mas a livraria havia registrado tudo. Então, poderia puxar do fundo da memória essas lembranças que eu desconhecia, que talvez tivesse vivido a vida toda sem conhecer. Meu coração acelerou. Eu não sabia exatamente o que estava procurando, mas, de alguma forma, sentia como se tivesse encontrado algo. A simples ideia de que esses fragmentos de tempo estavam ao meu alcance me encheu de emoção.

— Se não se importar, poderia guardar isso de volta no armário? Este espaço é tão apertado que não consigo passar por você para chegar até lá.

Ao ouvir o farfalhar do papel, virei-me e vi a mulher segurando um monte de folhas. Peguei os papéis acinzentados e caminhei em direção ao armário. Atrás de mim, a voz da mulher, tão enigmática quanto a própria livraria, ficou mais próxima.

— Agora é a última viagem. Nos vemos na sala de leitura em breve.

13 de novembro de 1989

A *Se fosse um casamento só por causa da criança, eu nem teria sido contra, para começo de conversa.*

A gerente estava certa. Também havia registros de lembranças indiretas de antes do meu nascimento.

B *Mãe, ele é um homem esforçado. No futuro, vai ser bem sucedido. Nós vamos ter uma vida muito boa.*

A *Existem tantos caminhos melhores, por que você insiste em escolher o mais difícil?*

B *Como a senhora pode saber se um caminho é bom ou ruim sem que o tenha percorrido?*

A *Precisa mesmo percorrê-lo para saber?! Se for por causa do bebê, você pode desistir, Yeon-hee.*

B *É sério, mãe?*

A *Se você não tirar a criança, pode chegar o dia em que terá que abrir mão da própria vida!*

Por que, entre tantas páginas, justamente aquela havia atraído a minha atenção? Seria coincidência ou destino? Ou, ainda, algum tipo de piada de mau gosto? No topo do punhado de papéis que a mulher tinha me entregado, havia uma conversa transcrita. Retirei as lembranças que eu tinha guardado no armário e comecei a lê-las devagar. Era uma conversa entre minha avó e minha mãe antes de eu nascer.

B *Mãe... como pode me dizer uma coisa dessas? Logo você, minha própria mãe...*

A *Digo isso justamente porque sou sua mãe! É por isso que estou tentando te impedir, mesmo que seja com essas palavras horríveis.*

B *Então, já que a senhora é minha mãe, por favor, só desta vez, me deixe fazer do meu jeito. Eu vou me casar e ter esse bebê.*

Quando descobri que fui concebida antes do casamento, imaginei a cena. Eu já sabia que a família da minha mãe tinha sido contra o casamento dos meus pais, então era de imaginar que algo assim havia acontecido. Contudo, o que antes eu ignorava e até dava risada, começou a afetar a realidade como uma visita indesejada, e, de repente, não dava mais para considerar uma brincadeira.

Eu olhava para aquela conversa como se o tempo tivesse parado. Um tempo em que minha mãe não era mãe. Era apenas a filha imatura de alguém. O momento em que ela existia como ser humano antes de ser mãe.

Não era como se eu nunca tivesse imaginado como seria se, assim como pensou minha avó, eu não tivesse existido. Essa com certeza não era a primeira vez que o pensamento me ocorria. Se minha mãe tivesse me abortado aos 28 anos e não tivesse se casado com meu pai, como seria? Havia momentos em que eu não conseguia deixar de lado as inúmeras suposições que também devem ter magoado meus pais, como a mim. Isso incluía o momento em que entrei na livraria e fiz o acordo com aquela mulher. Eu queria poder voltar muito no tempo e dizer à minha mãe que ela ainda podia escolher uma vida diferente, mas eu não poderia fazer isso. A lei do tempo e as regras da livraria não me permitiam.

Minha mente estava um caos. Era como segurar um novelo de lã emaranhado nas mãos; eu me sentia sufocada e com o coração apertado. Eu estava tentando encontrar uma forma de entender minha mãe, mas, em vez disso, tinha acabado por me afundar num pântano do qual não conseguia sair. Eu me sentia afundada. Meus planos, que eu vinha construindo meticulosamente, desmoronaram em um instante, feito um castelo de cartas. E meus pensamentos, derretidos por um sopro quente, haviam se espalhado ao meu redor, transformando tudo num lamaçal. Sem forças, empurrei para dentro do armário o punhado de papéis que segurava e me entreguei àquele espaço estreito e escuro até que minha visão perdesse completamente o foco.

— E agora... o que eu faço?

Pestanejei, como alguém que tinha acabado de esquecer completamente o que deveria fazer. Em minha visão turva, somente as portas gélidas e embaçadas do armário pareciam brilhar feito reflexos tremulantes, mas eu não via uma lembrança sequer que valesse a pena ser resgatada. Fechei a porta direita do armário com força. Minha mão estava pesada, como se meus braços estivessem presos por correntes invisíveis. *Bam*. A porta fez um estrondo, balançando levemente o outro lado da estrutura. Então, outro maço de papel caiu pela porta ainda aberta, escapando do interior do armário.

14 de novembro de 1989

Na primeira página do maço de papéis, amarrados por um grosso cordão, constava a data. Era o dia seguinte ao da discussão entre minha mãe e minha avó, sobre o casamento.

A *Minha mãe me disse para tirar o bebê. Disse que, se o casamento for por causa da criança, é pior ainda.*

Logo abaixo da data, a voz da minha mãe escoava pelas palavras escritas. Ela, com o rosto cansado por ter passado a noite sem dormir, soltou um suspiro e, com as mãos gélidas e ressecadas, cobriu o rosto tentando conter as lágrimas que ameaçavam cair. A pessoa sentada à sua frente pousou a mão gentilmente sobre seus ombros tensos, sobrecarregados. Aquela mão era diferente das mãos da minha mãe. Era grande e quente.

B *Ela é sua mãe, né? Do mesmo jeito que você se preocupa com o bebê, ela também se preocupa com você.*

Ouvi a voz do meu pai. Eram vozes de duas pessoas muito mais jovens e imaturas do que as vozes de que eu me lembrava, e estavam preocupadas uma com a outra, não com as respectivas famílias.

A *E você não se sente injustiçado? De ser tratado assim pela minha família?*

B *Lógico que me sinto, mas o que posso fazer? Agora eu não tenho nada, então só me resta provar meu valor com o tempo.*

As palavras escritas naquele papel velho não tinham cor nem traços especiais, mas, curiosamente, eu conseguia sentir o amor que emanava delas. Aquilo não era um filme nem uma novela; a única coisa diante dos meus olhos eram letras pretas sobre um fundo desbotado. Mas eu conseguia ouvi-las. Podia até imaginar a cena.

A livraria me mostrava que, antes de serem pais, aquelas duas pessoas eram um homem e uma mulher que se amavam.

B *Dizem que ter filhos e construir uma família exige muitos sacrifícios. A partir de agora, nossa vida vai girar mais ao redor de nós do que de cada um separadamente, e mais ao redor dessa criança do que de nós.*

A *Eu sei disso. Como a minha mãe falou, muita coisa vai mudar. Talvez tudo mude. Mas isso não é um sacrifício, é uma escolha. É a responsabilidade pela escolha que fiz de proteger as pessoas que amo, e acredito que vai ser a mais corajosa e acertada da minha vida.*

Foi exatamente o que a mulher havia me dito quando eu tinha perdido as esperanças de poder salvar minha mãe, após falhar na primeira viagem. A escolha tinha sido da minha mãe. Na segunda viagem, ao termos nossa primeira conversa séria, minha mãe também tinha me dito que havia sido sua escolha. E aquela lembrança reforçava isso. Não foi um sacrifício, mas uma decisão — tomada com amor e coragem — de proteger as pessoas que ela amava.

Revirei o maço de papéis amarrados. Estava evidente para qual momento eu precisava voltar. Queria ver com meus próprios olhos que a escolha da minha mãe não tinha sido um erro. Reabri a porta do armário fechada havia pouco e, por fim, segurei a lembrança daquele dia.

20 de junho de 1990

O dia em que nasci.

A *Ai, como pode? Acabou de nascer e já é tão lisinha e bonita! Geralmente, eles são todos enrugados, vermelhos e inchados por causa do líquido amniótico.*

O som de risadas preencheu o quarto aquecido.

B *É tão pequenininha que nem consigo segurar direito. Quantos quilos ela pesa?*

C *Falaram que pesa dois quilos e oitocentos gramas.*

B *Hum, mesmo sendo menina, é pequena demais.*

A *Mãe, segura sua neta um pouquinho. Ela já é uma pessoinha. Olha só, já está se mexendo todinha.*

Não havia registro do nome das pessoas que conversavam, mas dava para saber. Naquele quarto, estavam minha mãe, minhas tias e minha avó, preocupada com a filha caçula que havia demorado a nascer.

D *Você ainda vai ter uma filha igualzinha a você, só para passar um pouco do que me fez passar como sua mãe.*

B *Ai, mãe! Que conversa é essa, ainda mais agora que ela acabou de ter o bebê?*

D *É que a bebê é uma gracinha, é por isso. Ela tinha que dar um pouco de trabalho para a mãe dela, mas olha só. Ela não chora e é tão boazinha, né? Enfim, vê se cuida bem dela. Dá para ver a felicidade no seu rosto.*

Minha avó disse aquilo e me pôs de volta nos braços da minha mãe. Envolto em uma manta branca e macia, estava um pacotinho incapaz de se mover, mas que provava estar vivo ao piscar e mexer o nariz e a boca, nos braços da mãe.

Saí correndo, agarrada àquela lembrança.

Já tinha escolhido qual seria minha última viagem no tempo.

A terceira viagem

— Bem-vinda. Eu estava esperando por você.

O caminho de volta era sempre mais rápido do que o de ida. A sala de leitura havia estado ao meu alcance o tempo todo. Virei na direção da voz da mulher, que estava sentada na mesa, com as longas pernas pendendo no ar. Com a aparência impecável de sempre, ela me observava sorrindo.

Fitei a mesa sem dizer nada. A súbita aparição *daquele* objeto, do qual eu havia me esquecido totalmente, capturou minha atenção, muito mais do que o significado por trás do sorriso que a mulher exibia. Em cima da mesa, estava o meu relógio da vida.

Se você pudesse usar o tempo que lhe resta para reviver um momento passado... Qual escolheria, senhorita Ji-won?

A mulher e eu tínhamos negociado o tempo passado e o tempo futuro. Esses eram os termos da viagem no tempo que eu estava fazendo — um preço alto, em troca de um milagre que não era concedido a qualquer um. A cada volta no tempo, meu tempo de vida era reduzido na mesma proporção. Eu não havia me esquecido do acordo que tinha feito com ela. Apenas o havia deixado de lado enquanto perseguia a esperança que nutria, e isso valia para a existência daquele relógio também. Coloquei o maço de papéis sobre a mesa, mantendo certa distância da mulher enquanto retribuía seu olhar. Ela, por sua vez, tirou o relógio da vida de trás de si e o colocou à frente, posicionando-o de modo que eu pudesse vê-lo melhor. À primeira vista, não parecia ter mudado nada.

— Por mais que alguém diga não ter mais apego à vida, é natural sentir o impulso de verificar as mudanças no relógio da vida ao retornar de uma viagem. Mas você não fez isso; muito pelo contrário, diferentemente das outras pessoas, que fizeram cálculos meticulosos, você se concentrou apenas na viagem no tempo. Isso mostra o quão presa ao passado, atormentada pelos arrependimentos persistentes e pela culpa avassaladora você estava. Se não pudesse mudar o passado, então o futuro... ou até mesmo o seu presente... não importaria mais, né? Então... como se sente agora, após duas viagens no tempo e prestes a fazer a última? Não está curiosa para saber quanto tempo ainda lhe resta, senhorita Ji-won?

Um vento soprava naquele lugar silencioso. Uma brisa fresca e revigorante, que carregava consigo o frescor da grama, da terra, do papel, da madeira e da água, todos misturados ali, naquele ambiente cercado por paredes e sem uma única janela. Curiosamente, pensei que aquela brisa talvez viesse dos olhos azuis da mulher, que lembravam o oceano.

— Estou, sim. Quero saber quanto tempo me resta. Até porque, para essa última viagem, acho que terei que voltar bastante no tempo.

No fim das contas, nada havia mudado. Lutei para salvar a vida da minha mãe na esperança de aliviar o peso da culpa que carregava, mas, independentemente do processo ou de quem fosse a escolha, falhei em alcançar meu objetivo. Ainda assim, por mais estranho que parecesse, eu não estava chateada. No momento em que pisei na livraria, havia apenas um vazio dentro de mim, e quando percebi que não teria chance de salvar a vida da minha mãe após o fracasso da primeira viagem, culpei a gerente por me colocar naquela situação. No entanto, nesse exato momento, de alguma forma, nada disso parecia importar mais.

Meu coração estava em paz. Era como se a brisa da livraria que sussurrava em meus ouvidos tivesse lançado algum feitiço sobre mim.

A mulher continuava sentada na beirada da mesa, os olhos fixos em mim. Com os braços cruzados diante do peito, sua expressão continuava indecifrável.

— Curioso... Você não mudou de ideia? Não quer viver? Pensei que pelo menos você não quisesse mais morrer...

— Sim. Eu quero viver. Não quero mais morrer.

— Mas a viagem no tempo afeta sua expectativa de vida. Não se esqueceu disso, não é?

— Eu sei. É exatamente por isso que estou curiosa. Quero saber quanto tempo de vida me resta e se é o suficiente para essa última viagem.

A mulher descruzou os braços e levantou, endireitando a postura. Então, empurrou o relógio da vida do meio da mesa até mim. O relógio deslizou suavemente até parar bem diante dos meus olhos. Ao observar seu interior de perto, vi que nada havia se alterado; aquele mundo lindo permanecia o mesmo.

Olhei para a mulher, que estava tão perto que eu podia ouvir até sua respiração. Seus olhos, azuis e profundos, eram um oceano sereno, sem uma ondulação sequer. Ela pegou o maço de papéis que eu havia trazido.

— Parece que você já entendeu.

— O quê?

— Que nem tudo o que enxergamos é a realidade em sua totalidade.

Por fim, ela verificou a data e a hora para as quais eu queria voltar. Uma leve risada tingia sua voz.

— Assim como você suspeitava, seu tempo de vida permanece o mesmo. Houve algumas mudanças ao longo do caminho, lógico. Uma chuva torrencial acompanhada de relâmpagos e trovões, o mar revolto, mas depois o sol voltou a brilhar. O horizonte, quase engolido pelo mau tempo, reapareceu. Imagino que, até pouco tempo atrás, você acreditava que nada havia mudado, certo? Porém, talvez lá no fundo já houvesse a dúvida de que isso também poderia ser uma mudança. Isso mesmo. A aparência saudável da sua mãe e sua determinação para viver, recuperadas na sua memória com muito esforço na primeira e na segunda viagens, foram os fatores que moldaram o seu tempo presente. Mesmo assim, ainda deseja fazer a última viagem?

Não havia um grão de poeira sequer na jaqueta preta da mulher. E também não havia qualquer vestígio de sujeira no tênis xadrez que ela usava, enquanto andava sobre o piso de madeira com sua presença marcante. Assim como no início, ela se afastou de mim aos poucos, sua postura impecável. Quando seus passos perfeitamente calculados pararam, a longa mesa separava nós duas. Ao redor, estantes imponentes erguiam-se como muralhas, firmes e inabaláveis.

Ela pôs o maço de papéis sobre a mesa. Ao lado dele, repousava o velho marcador de páginas que eu havia empurrado para o lado por causa das outras lembranças.

— Com o tempo que me resta, eu posso viajar para esse momento? — perguntei para a mulher, que estava de costas.

Em vez de responder, ela se virou para mim.

— Se falhar em obter o que procura, senhorita Ji-won, você pode desaparecer para sempre, sem deixar rastros.

Se eu estivesse ouvindo aquilo pela primeira vez, teria hesitado, duvidado de suas palavras e tentado encontrar qualquer indício de exagero. Mas, naquele momento, aquilo não me parecia um blefe. E, ao contrário do que senti no início, não havia mais medo nem hesitação. O que ela dizia era uma possibilidade real, e eu entendia o que significava.

— Não, eu vou voltar. Porque já sei o que vou encontrar.

Eu me aproximei devagar. Segui o mesmo caminho que a mulher havia percorrido enquanto reforçava a minha decisão. Quando enfim parei, o marcador de páginas e a lembrança para a qual eu deveria retornar já estavam em minhas mãos.

Encontrei a página que registrava o dia 20 de junho de 1990 e deslizei o marcador entre as folhas. A mulher pegou minha lembrança com um leve sorriso e, por fim, segurou a maçaneta. Respirei fundo, preparando-me para atravessar a porta.

— Sendo assim, faça uma boa viagem.

O viajante existirá no passado como a versão de si mesmo do momento para o qual tenha voltado, possuindo a consciência do presente.

20 de junho de 1990, às 14h. O instante em que minha vida começou.

Eu não precisava mais do relógio; antes de atravessar a porta do tempo, ajustei seus ponteiros para a hora exata e o devolvi à mulher. Ela aceitou o objeto, segurando a pulseira de couro azul-marinho, e assentiu, como se compreendesse o significado daquele gesto. Assim, no momento em que atravessei, fui envolvida por uma onda cálida. À medida que tudo ao meu redor escurecia, senti meu corpo encolher, fechei os olhos e me entreguei ao fluxo do tempo que se agitava ao meu redor.

A última viagem começou num espaço muito estreito. Para alguém como eu, que mal conseguia respirar em lugares fechados, aquele espaço, paradoxalmente, transmitia uma sensação de segurança e aconchego. As paredes ao meu redor se estreitavam, empurrando-me para fora, mas não havia motivo para resistir. Pelo contrário, como se fosse o movimento mais natural do mundo, minha mente instintivamente aceitou a pressão e parou de resistir, me guiando para um lugar onde uma luz difusa se dispersava. Assim, eu me preparava para o mundo exterior.

Foi a mesma sensação de ter passado o dia inteiro nadando e, ao emergir da água, sentir o vento frio fustigando meu corpo molhado. Ao mesmo tempo em que sentia certa liberdade, um ruído implacável, mas inaudível para mim, sacudia minha cabeça. Antes mesmo que pudesse sentir a vertigem, forcei minhas pálpebras pesadas e pegajosas feito cola a se abrirem. Após inúmeras tentativas, finalmente consegui abri-las, e minha visão foi inundada por uma luz intensa. Meus olhos desorientados rolavam de um lado para o outro, capturando a movimentação apressada de várias pessoas, tantas que nem conseguia contar. Meu corpo, recém-saído do útero, pairou no ar por algum tempo antes de ser entregue a alguém. E, no calor úmido daquele abraço, soube imediatamente: aquele era o colo da minha mãe.

Minha visão desfocada capturou a imagem dela. Contrariando suas próprias palavras — "Ela é tão pequena que nem deu trabalho para nascer" —, minha mãe parecia exausta. O cabelo desgrenhado, a testa coberta de suor, os olhos semicerrados; tudo nela era a prova viva de que as horas que a levaram até ali haviam sido difíceis e dolorosas. Talvez minha expectativa estivesse em uma cena mais nítida. Talvez eu esperasse ver os traços definidos do rosto dos meus pais, que sorririam para mim assim que eu nascesse, em vez de não conseguir ouvir nem ver nada direito. Mesmo assim, a voz da minha mãe dizendo que me amava chegou até mim. Ela parecia a pessoa mais feliz do mundo, e eu podia sentir seu amor vibrando pelo seu corpo e transbordando até mim.

Desatei a chorar. Eu berrava muito, como se todo o peso acumulado ao longo dos anos finalmente se rompesse em um pranto profundo e incontrolável. Ali, ninguém se incomodava, então eu podia chorar o quanto quisesse. Eu me aninhei no colo da minha mãe e chorei, agitando aquele corpinho minúsculo, e, à medida que o meu choro aumentava, fui sentindo o rosto dela cada vez mais próximo. Minha mãe me envolveu num abraço enquanto eu chorava alto e beijou o topo da minha cabeça. As lágrimas dela escorriam, tocando minha pele como se sussurrassem para mim: "Minha preciosidade, minha bebê linda. Você é tudo para mim. Prometo que vou te fazer muito feliz."

Meu eu recém-nascido foi cuidadosamente limpo e envolto numa manta branca. O embrulho, fechado de forma que eu não pudesse me mover, era aconchegante. Passei pelas mãos de várias pessoas até sair da sala de parto. Assim como minha mãe, que perdeu o pai ainda criança e passou por todo tipo de dificuldade, meu pai também sempre se mantinha sereno e nunca demonstrava sentimentos intensos demais. Porém, quando ele se levantou em um salto da cadeira de plástico desconfortável em frente à sala de parto, pude sentir o êxtase que ondulava em seu peito inundando todo o corredor. Nos braços da enfermeira, olhei para o rosto dele, que não sabia direito o que fazer. Meu pai envolveu meu rosto com as mãos e soltou um suspiro. Eu sabia que ele era uma manteiga derretida desde o momento em que eu tinha nascido. Sempre que assistia a alguma novela, suas lágrimas sempre rolavam, derramando-se como a Via Láctea, brilhante e cheia de estrelas.

Mesmo sabendo que não poderia fazer nada, atravessei minha vida inteira para chegar àquele momento. Não fazia ideia de como os últimos instantes da minha última viagem se desenrolariam. Mas uma coisa era certa: havia sido a decisão correta. Percebi que minha mãe estava certa em suas escolhas, que pensei estarem erradas, e que a cada instante ela havia feito o melhor que podia para si mesma e para nossa família.

Fiquei deitada em silêncio no berço e me entreguei ao tempo que fluía vagarosamente. Dessa vez, mais do que nunca, a passagem do tempo era lenta. Com os olhos fixos no teto, refleti acerca dos tempos passados. Como eu vivia em desespero. O quanto eu não me dava sequer um segundo de paz. O quanto tinha sido incapaz de enxergar o que estava bem diante dos meus olhos. O quanto a minha alma esteve sufocada por raiva e ressentimento, erguendo um muro intransponível.

Quando comecei aquelas viagens, achei que a única coisa que trariam seria a morte. Apenas um último ato, a melhor oportunidade concedida a alguém que não tinha coragem de dar fim à própria vida. Mas eu estava errada. Recuperei a imagem da minha mãe saudável, da qual não me lembrava, e redescobri a determinação para viver a vida que ela protegeu com tanto sacrifício. Além do mais, o rosto feliz dos meus pais, que vislumbrei no momento em que nasci, ficaram gravados em minha memória como uma lembrança que jamais seria esquecida ao longo dos anos e que, no futuro, se tornaria minha razão de viver.

Ganhei muito com essa última viagem.

O pulsar sagrado de uma nova vida fluía em mim. Os rostinhos que se revelavam timidamente das mantas sorriam, choravam, bocejavam e até franziam a testa. E, no meio desse cenário, como se estivesse renascendo, eu respirava outra vez. A temperatura agradável e o espaço acolhedor me embalavam. No entanto, antes que eu cedesse ao sono, alguém se aproximou e me ergueu. Imaginei a cena que se desenrolaria diante dos meus olhos dali a pouco, nas mãos que habilmente me manuseavam. Talvez fosse...

— Hora da visita da bebê da senhora Yeon-hee Lee.

O lugar descrito nas páginas da folha de papel cinza que eu tinha lido. O momento em que as pessoas que eu amava me receberiam com risadas calorosas e vozes gentis, após esperarem ansiosamente pelo meu eu recém-chegado ao mundo. O exato momento da criação dessa lembrança já conhecida.

O som de risadas preencheu o quarto aquecido.

— Ai, como pode? Acabou de nascer e já é tão lisinha e bonita! Geralmente eles são todos enrugados, vermelhos e inchados por causa do líquido amniótico.

— É tão pequenininha que nem consigo segurar direito. Quantos quilos ela pesa?

— Falaram que pesa dois quilos e oitocentos gramas. Dizem que a maioria dos bebês não abre os olhos logo após o nascimento, mas ela deve ser especial. Abriu os olhos redondos, me encarou e aí começou a chorar, como se soubesse que eu sou a mãe dela.

— Hum, mesmo sendo menina, é pequena demais. Dizem que até o porco-espinho acha o próprio filhote bonito, e você já está se mostrando uma mamãe porco-espinho!

— Mãe, segura sua neta um pouquinho. Ela já é uma pessoinha. Olha só, já está se mexendo todinha.

Meu corpinho foi transferido do colo da minha tia mais velha para o da tia mais nova, e então para o da minha avó. Minha mãe apoiou o quadril num travesseiro e se sentou na cama, sem conseguir desviar os olhos de mim, enquanto eu era levada de um lado ao outro. Minha avó, ao vê-la assim, resmungou uma bronca para minha mãe, mas eu via o carinho disfarçado. Eu conseguia ver tudo dali, aninhada no colo da minha avó. O olhar dela para a minha mãe era exatamente o que minha mãe dirigia a mim.

— Vê se cuida bem dela. Dá para ver a felicidade no seu rosto.

— Obrigada, mãe.

Por fim, voltei aos braços da minha mãe. Uma lágrima escapou de seus olhos e deslizou suavemente pela minha bochecha.

O sentimento que se espalhava entre nós era grande demais para caber em palavras, grande demais para ser contido. Então, fiz o único movimento que conseguia, o maior que meu pequeno corpo permitia, e foi como se eu dissesse:

Oi, mãe!

Adeus, mãe!

A Livraria das Memórias

Quando tudo terminou e eu voltei à realidade, meu corpo estava apoiado na imensa árvore da livraria. Assim que abri os olhos, o cheiro suave da grama chegou às minhas narinas, enquanto o tronco áspero e firme da árvore pressionava minhas costas. Era como se a natureza estivesse me sinalizando que a viagem havia chegado ao fim e que eu tinha sido libertada do feitiço do sonho.

Senti em todo o meu corpo a umidade e a força vital que tocavam minhas mãos e meu quadril. Como se estivesse despertando de um sono preguiçoso interrompido em uma tranquila tarde de domingo, forcei minhas pálpebras a se abrirem lentamente. Diante de mim, as enormes estantes da livraria, já familiares, pareciam me dar boas-vindas, como se tivessem esperado ansiosamente pelo meu retorno.

Apesar da plenitude que preenchia meu peito, um vazio estranho e uma leve melancolia me impediram de me mover por um bom tempo. Não sabia quanto tempo havia se passado naquele lugar, mas um sentimento de saudade pairava ao meu redor e me dava a sensação de ter sido apenas um breve instante.

Pisquei lentamente e fiquei olhando para o nada. Sem a manta branca que antes me envolvia, não sabia se deveria chamar aquela sensação de liberdade ou de perda e, sem encontrar a resposta, fui sendo consumida por uma sensação de impotência. Tinha chegado ao fim. A ideia de não poder mais ver minha mãe não me levava mais às lágrimas.

Eu me recostei na enorme árvore, que talvez já existisse havia tempos, e observei os livros nas estantes, muito bem organizados. Os livros que eu havia folheado de maneira caótica, sem plano nem emoção alguma, pareciam não ter mudado em nada desde que eu tinha pisado ali, mas também pareciam ter mudado em tudo.

Levantei, meu corpo parecendo um balão murcho, e segui em frente sem pensar. Diante de mim, em uma estante curvada como um vaso abraçando uma árvore, brilhava o relógio da vida sustentado por pilares dourados. Estendi os dedos com cuidado para tocar a fria superfície de vidro que o envolvia.

Se eu o virasse, o mundo dentro do relógio também se inverteria? O céu se transformaria em terra e o oceano se transformaria em céu, como num mundo estranhamente entrelaçado? O pensamento surgiu tão de repente que sequer tive tempo para refletir. Meu corpo, como se tivesse vontade própria, já se movia.

A parte de baixo virou a de cima, e a de cima, a de baixo. Em sua meia-volta, o mundo dentro do relógio permaneceu imóvel, por mais incrível que parecesse. Ainda era o mesmo céu, que não dava para determinar se retratava dia ou noite. A linha do horizonte estendida sobre o vértice estreito; o céu límpido e o mar cristalino; a bela paisagem observada de um penhasco.

— Quando um acordo termina, o relógio da vida não se move mais... Isso significa que nosso acordo chegou ao fim — disse a mulher em voz baixa ao se aproximar sem fazer barulho.

Coloquei o relógio no lugar e olhei para trás, seguindo a presença da mulher às minhas costas. A gerente me observava, e, sob a manga da jaqueta enrolada, brilhava um bracelete prateado.

— Bem-vinda de volta.

Ela sorria. Os lábios, que raramente revelavam seus pensamentos, continham um calor vermelho e acolhedor.

— Eu não disse que voltaria? — falei, o coração de repente leve.

Ela me olhou com satisfação e diminuiu a distância entre nós aos poucos. Um perfume sutil de flores silvestres pairava ao seu redor.

— Não estou expulsando você da livraria nem nada, mas aqui estão alguns presentes que preparei. Pode levá-los — sussurrou ela ao meu ouvido, encurralando-me junto à estante.

Seus olhos se fixaram em um ponto específico da estante, onde quatro livros de formatos distintos repousavam, ao lado de uma folha de papel cuidadosamente dobrada ao meio. Sorri para ela, que enfim havia se tornado um consolo para mim, superando a minha dúvida, desconfiança e raiva. A mulher se afastou, com um leve suspiro perto da minha nuca. Ela havia me presenteado com as lembranças de três viagens reescritas e lembranças novas.

— Então... agora é hora de voltar à realidade, não é?

Havia frustração em minha voz. De certa forma, eu não estava muito contente de ter que dizer adeus. A mulher aninhou em meus braços as lembranças que retirou da estante e assentiu. Eu tinha a liberdade de permanecer ali, mas, segundo ela, havia um mundo para o qual eu deveria voltar.

Naquele momento de despedida, o que ficou foi um resquício de apego. Segurei os livros finos em minhas mãos e lancei um último olhar à mulher, que se afastava de mim. Seus olhos, outrora enigmáticos e insondáveis, estavam calmos como um mar sem vento, sem uma única onda a se formar.

Eu me afastei da enorme árvore e segui em frente. Os rangidos do velho piso de madeira sobrepuseram-se ao som suave dos passos da mulher. Os corredores da livraria sempre pareciam mais longos na ida, mas infinitamente mais curtos na volta. Mesmo que eu arrastasse os pés na tentativa de prolongar aquele momento, logo me vi diante da porta deslizante de madeira escura e desgastada, próxima o suficiente para alcançar com um simples movimento da mão. Lancei um último olhar para a livraria e para a gerente, antes de abrir a porta. Os olhos da mulher estavam fixos em mim, como quando nos conhecemos.

— Ah, quase fui embora sem dizer o que realmente precisava.

— O quê?

— Obrigada. Por tudo.

Ao reconhecer que era a hora de partir, ainda assim, meus pés hesitavam em se mover. Assim como a despedida com minha mãe, eu sabia que o momento era definitivo, e talvez por isso fosse tão difícil dar o passo seguinte. A mulher se aproximou em silêncio e pousou a mão sobre meu ombro. Com um gesto firme, mas gentil, girou meu corpo em direção à saída. Seria mentira se eu dissesse que aquele toque não me causou um aperto no peito, mas percebi que ela estava fazendo o possível para dizer adeus da melhor forma. Por isso, não me senti triste.

Segurando com firmeza os livros que havia recebido de presente, empurrei a porta deslizante com toda a minha determinação. O gélido vento de inverno entrou com força, trazendo-me de volta à realidade, e, no momento em que a porta se fechou com estrondo, ouvi a voz gentil da mulher.

— Adeus, senhorita Ji-won.

Quando saí, um vento feroz soprava cortante. Estava tudo mergulhado na escuridão. Querendo verificar se chovia, botei a cabeça para fora da marquise de telhas de ardósia, e grandes flocos de neve caíram no meu rosto.

Eu me senti acordar de um longo período de hibernação e me afastei outra vez. Coloquei os livros debaixo dos braços e enfiei as mãos nos bolsos.

Foi quando meu celular vibrou com uma notificação em meu bolso. Por um instante, fiquei paralisada, como se tivesse me esquecido completamente da existência do aparelho. Na tela, estava escrito "28 de fevereiro de 2023, 12h10". Segurei nas mãos novamente os livros e fui lendo uma a uma as datas das lembranças entregues pela mulher.

2 de fevereiro de 2007

22 de maio de 2005

20 de junho de 1990

27 de fevereiro de 2023

28 de fevereiro de 2023

Dias de insônia intermináveis me fizeram esquecer tanto a data quanto as horas... Mas, ao atravessar a porta da livraria e voltar para o mundo real, percebi o que aquela data significava. Era o aniversário de morte da minha mãe. Percebi tarde demais que permaneci dentro da livraria pelo mesmo tempo que passei ao lado dela, velando seu último momento. Uma tempestade de neve estava se formando. Abri as memórias do dia anterior com as mãos enrijecidas pelo frio implacável.

A fria chuva de inverno me pegou de surpresa, forçando-me a procurar abrigo às pressas. Vejo uma antiga livraria num prédio. Na parede, há uma placa com os dizeres "Livraria Memórias". Acho que a palavra "livraria" deve ter me hipnotizado, pois abro a porta e entro. O lugar, que parece vazio, me deixa atordoada.

A lembrança recém-gravada permanecia bem nítida em minha memória, talvez por isso as palavras dentro do livro parecessem turvas, como se estivessem prestes a desaparecer. Fechei a lembrança do dia anterior e abri a do dia atual. Na página aberta aleatoriamente, as palavras estavam ainda mais esmaecidas do que as do dia anterior.

Quando agradeço a ela, percebo, pela primeira vez, um leve tremor na expressão da mulher. Mas ela não demonstra nada. Simplesmente caminha em silêncio e me conduz com firmeza em direção à porta.

— Adeus, senhorita Ji-won — diz ela.

Aquela voz me dá coragem para sair da livraria.

Eu não estava triste. Mas sentia meu coração agitado por emoções indefinidas, o que fez minha visão ficar turva. As lágrimas escorreram. As letras tocadas pelas lágrimas evaporaram na mesma hora, como se tivessem um compromisso. Eu me virei depressa e verifiquei a porta da livraria. Porém, como esperado, só a parede de cimento pintada de cinza me encarava. Parecia que a porta nunca havia existido, e até a placa tinha desaparecido sem deixar vestígios.

Examinei os livros em minhas mãos. As datas nas capas, assim como as palavras no interior, tinham sumido. Num instante, vi aqueles livros, que antes continham lembranças, se tornarem apenas um monte de papel comum, e abri um sorriso. Talvez essa experiência não tivesse me curado por completo, mas eu tinha certeza de que estava pronta para dar o próximo passo. O que a Livraria das Memórias havia me dado não era um milagre que iria mudar minha vida, mas, sim, uma oportunidade muito valiosa que me permitiria viver uma vida melhor.

Sem hesitar, me joguei na nevasca, e pensei:

É mesmo. A Livraria das Memórias realmente é o lugar mais adequado para guardar as lembranças.

Palavras da autora

Como escritora e, antes disso, como leitora que já percorreu as histórias de inúmeros autores que vieram antes de mim, me sinto intimidada diante da ideia de deixar uma mensagem final aos leitores. Refleti durante muito tempo, um tanto envergonhada, sobre os dizeres de outros escritores e sobre o que eu gostaria de dizer ao fim desta história. Com cautela e humildade, espero que as palavras que estou prestes a escrever não desperdicem o precioso tempo daqueles que escolheram este livro.

Em algum momento, passei a ser alguém que ansiava por um milagre. Orava todas as noites a um deus em que não acreditava, ano após ano, apenas para ter minhas expectativas frustradas. Um milagre. Algo tão peculiar a ponto de desafiar o senso comum. Um fenômeno tão misterioso que só poderia ser atribuído à obra divina. Milagres não são coisas que possam ser conquistadas. Eles estão mais para a fantasia de um filme ou de uma novela. E, justamente por isso, eu me agarrava ainda mais à ideia, incapaz de abandoná-la.

Por que eu desejava com tanto afinco que um milagre acontecesse? A resposta é simples: por causa da realidade. Eu precisava daquele fenômeno místico para tornar minha realidade um pouco melhor. O milagre que eu desejava se parecia com o que Ji-won experimentou neste livro. Por isso, o mundo fantasioso que criei não está repleto de sonhos doces e esperanças reconfortantes. Em vez disso, a realidade nele contida é tão intensa e amarga que chega a fazer a língua arder.

Esta não é uma história de conforto e cura. Eu ainda não sou madura o suficiente para ousar confortar outra pessoa ou oferecer-lhe alguma cura. Só desejo oferecer minha sincera empatia e solidariedade com as perdas que todos nós carregamos. Assim como a minha Livraria das Memórias surgiu milagrosamente, desejo que um dia você também encontre a sua. O fato de termos nos encontrado aqui, nestas páginas, já é a prova disso. Por isso, sou profundamente grata a você, que chegou até aqui.

Song Yu-jeong

Este livro foi composto na tipografia Latienne Pro,
em corpo 11/15,5, e impresso em
papel off-white no Sistema Cameron da
Divisão Gráfica da Distribuidora Record.